875₽

D0595504

Miguel Delibes
El tesoro

Miguel Delibes

El tesoro

Ediciones Destino
Colección
Áncora y Delfín
Volumen 590

© Miguel Delibes
© Ediciones Destino, S.A.
Consejo de Ciento, 425. 08009 Barcelona
Primera edición: octubre 1985
Segunda edición: diciembre 1985
Depósito legal: B. 37995-1985
ISBN 84-233-1407-3
Impreso y encuadernado por
Printer industria gráfica sa
Provenza, 388-08025 Barcelona
Impreso en España - Printed in Spain

*A mi hijo Germán y a cuantos
dedican su vida a investigar
nuestras raíces.*

1

Se hallaba tan enfrascado en la lectura que el timbre agudo del teléfono le sobresaltó. Desmanotadamente, como si acabara de despertarse, tomó el auricular y, al hacerlo, sus ojos azules, de por sí tristes y ensoñadores, adquirieron una expresión ausente.

–Sí –dijo frunciendo maquinalmente los hombros.

Aparte su incoherencia, la voz del Subdirector General sonaba rota, aguda, quebrada por la membrana del aparato, y Jero, mientras jugueteaba con los rotuladores y lapiceros del bote, se esforzaba en dar cohesión a aquel discurso deshilvanado.

–¿Un tesoro? –preguntó escéptico.

Su displicencia enfurecía al Subdirector General, de tal modo que su voz, apenas inteligible, se hacía, con la irritación, más turbia y chillona. Jero cabeceó impaciente, cogió del bote un rotulador rojo y mordisqueó la contera.

–Sí, sí, te entiendo perfectamente; pero ten en cuenta que a las once tengo clase... ¿No te sería igual a la una?

Jero parecía malhumorado. Volvió a depositar el rotulador en el bote y golpeó reiteradamente el fondo con él; dijo dominando su irritación:

–He vuelto anoche de Almería, Paco... Ponte en mi caso... Es que no paro... Ni siquiera he visto a Gaga... Imagina... Ya la conoces...

Las palabras casi ininteligibles del auricular, se hicieron más autoritarias y apremiantes.

—Está bien, está bien —respondió Jero—. Dentro de una hora me tienes ahí... ¿Antes?, como no me crezcan alas... Alguien tiene que dar mi clase, Paco; debo recoger mis cosas, avisar a Narciso, dame tiempo... De acuerdo, llevaré mi coche.

Colgó el teléfono, se cubrió el rostro con las manos y permaneció unos instantes así, oprimiendo con dos dedos los doloridos globos de los ojos. A continuación tomó de nuevo el teléfono y marcó un número. Su voz se hizo meliflua, acariciadora:

—¿Gaga? Sí, soy yo, Jero... Todo bien, sí... Es decir, todo, todo, no; hay una novedad... Exactamente; otra salida imprevista... Lo siento, pequeña, no es culpa mía... No digas disparates... Importante, sí, inaplazable... Un tesoro, por lo visto... Me es imposible concretarte más; ni yo mismo lo sé... Cosas de Paco, por supuesto, pero no olvides que él manda... Dos o tres días supongo... Y, ¿qué quieres que yo le haga?... La dedicación exclusiva es esto, Gaga, no nos engañemos... Lo siento... A la vuelta hablaremos con calma... Está bien, está bien; te llamaré en cuanto regrese... Un beso.

Dejó el teléfono y se puso en pie; apiló las revistas que consultaba en un ángulo de la mesa y guardó en un bolsillo de la cazadora de ante una bolsita de caramelos refrescantes. Cuando abrió la puerta del despacho contiguo, un hombre joven, cargado de hombros, el pálido rostro enmarcado por una barba fluvial, levantó hacia él sus negros ojos absortos.

—Bueno. ¿Qué tripita se te ha roto ahora?

—La de siempre por no variar —dijo Jero—. Otra encomienda. Por lo visto ha aparecido un tesoro en el castro de Gamones. Ya sabes, ¿no? En las Segundas Cogotas que diría el bueno del Coronel. Me largo con Paco dentro de una hora.

El muchacho de las barbas fluviales, apoyó la mejilla derecha en el puño cerrado.

—Pero ese castro, ¿no estaba excavado ya?

Jero denegó con la cabeza:

—Una prospección de chicha y nabo; nada —se adelantó hasta la puerta del corredor y añadió—: Una cosa, Narciso, Paco me espera y ya sabes cómo las gasta. ¿Te importa decirle a Manolo que me dé la clase? El megalitismo, díselo así, él ya sabe.

En la calle, vaciló. Rara vez recordaba el lugar donde había aparcado el coche. Finalmente, atravesó la Avenida, avanzó doscientos metros y se detuvo junto a un enlodado Ritmo gris. Todavía juraba entre dientes cuando abrió la portezuela. Arrancó, tomó la lateral de la Facultad, giró en redondo en la explanada y se dirigió a su apartamento. El maletín, aún sin deshacer, estaba sobre la mesa, tal como lo había dejado la víspera. Lo recogió y, al llegar al portal, sacó dos cartas y unos impresos del casillero y dio una carrerita hasta el coche.

Paco le esperaba en la escalinata de la Dirección General, la ajada cartera negra en el rellano. Agitó innecesariamente la mano para llamar su atención y, apenas se detuvo el coche, cogió la cartera, abrió la portezuela y se metió dentro:

—¿Qué hay? —dijo formulariamente.

—Eso digo yo —dijo Jero.

El Subdirector General arrojó la cartera al asiento posterior, se acomodó y ajustó el cinturón de seguridad. Sus movimientos pretendían ser naturales pero resultaban apurados, descontrolados, nerviosos:

–Andando –dijo–. Pablito nos espera. Ha depositado las cosas en el Banco, oye. Imagina, siete kilos de plata y kilo y medio de oro en un pueblecito de apenas cincuenta vecinos. ¡Como para perder la cabeza, oye!

Jero conducía con resolución hacia la autopista. A intervalos, el Subdirector General levantaba el gordo trasero del asiento y se aflojaba con el dedo pulgar el cinturón de seguridad. Tras los gruesos cristales de las gafas, sus ojos eran diminutos e inexpresivos.

–Pablito me llamó anoche desde Valladolid –prosiguió–. El asunto no está claro, pero parece fuera de duda que habrá que indemnizar. Un tipo descubrió el tesoro en un cortafuegos. Según él, tropezó con la tinaja por casualidad, pero yo no me creo esa historia ni loco, oye. Ese tipo ha ido con un detector a por ello. Pero, ¿cómo se lo demuestras?

Se afianzó las gafas y miró de reojo a Jero. Añadió:

–El asunto parece importante, oye. Nunca he visto a Pablito tan aturdido. Habla de docenas de torques, brazaletes y broches del siglo I antes de Cristo. ¡Vete a saber! Tiene al tipo con él, claro. Un tal don Lino, un abogado doblado de agricultor, de Pobladura de Anta. ¡Buena pieza! –rió–. El tipo lo descubrió el miércoles pasado, échale, pero ha estado callado, a lo zorro, hasta ayer, que no se sabe por qué se acoquinó y telefoneó a Pablito. Al parecer, Pablito y él se conocen de atrás. El tal don Lino pretendía callarse, pero a última hora lo pensó mejor y se arrugó. Pablito, naturalmente, porfía que el hallazgo fue casual pero yo no me lo trago ni loco. Ese tipo fue con el detector, eso no hay quien me lo saque de la cabeza. Está demasiado pateado ese castro como para admitir una tinaja en superficie sin que nadie lo haya advertido antes.

Jero aceleraba por el pasillo de la izquierda. Sacó maquinalmente un caramelo del bolsillo y lo metió en la boca. El tráfico era rápido y fluido. Los ojos azules, melancólicos, de Jero, no se apartaban del parabrisas. Sus labios esbozaron una sonrisa tenue como si, de pronto, recordara algo.

—¡Pobre don Virgilio! —dijo chupeteando el caramelo—. Le hubiera alegrado el descubrimiento. Hay que tener en cuenta que las Segundas Cogotas, como él decía, fue su «hobby» durante cincuenta años. E, ingenuidades aparte, hay que reconocer que la nota que publicó sobre el castro era un trabajo serio, hecho a conciencia.

Hizo una pausa, pero el esbozo de sonrisa no había desaparecido aún de sus labios cuando prosiguió:

—¡Gran tipo el Coronel! Celoso de lo suyo, reticente como buen erudito local, pero sabía dónde le apretaba el zapato. Recuerdo que cuando le conocí, y ya ha llovido, me mostraba los cinturones de las murallas y las piedras hincadas del castro con mayor orgullo aún que los establos de su finca.

Jero trató de rebasar al Citroen amarillo que le precedía, justo en el momento que éste lo hacía sobre un viejo y desvencijado Seiscientos. Frenó bruscamente y retornó a la fila de la derecha.

—¡Cuidado, oye!

—El tipo ese no ha dado al intermitente.

El Subdirector General se soltó el cinturón de seguridad, se dobló penosamente sobre el salpicadero y conectó la radio. Al sonar la música, volvió a desconectarla.

13

–Ya han dado las noticias –dijo. Consultó su reloj–: Las doce y diez. Si no hay novedad a las dos y media podemos estar con Pablito –rió–. Está como un flan, oye. En la vida le he visto así. Repite una y otra vez que el tesoro es prerromano, seguramente orfebrería celtibérica. ¿Qué demonios esperaría encontrar en ese castro?

Miraba a Jero con sus indagadores ojos miopes, hundidos en lo más profundo de los cristales:

–A mí, personalmente, estos ajuares prerromanos de la Meseta no me emocionan ya, no me producen frío ni calor –dijo Jero–. Repiten casi siempre las mismas joyas y, después de Raddatz, no me parece fácil sacarles más información. Lo único verificar si, en esa zona de nadie, la orfebrería es celtibérica o de los castros gallegos. Es lo único que nos queda por ver.

El Subdirector General asintió sin palabras, luego levantó el poderoso trasero, volvió a asentarlo y se aflojó el cinturón de seguridad, aliviando su presión con el pulgar. El coche avanzaba raudo por el túnel y, al salir de él, entrecerró sus pequeños ojos deslumbrados.

–Estos hallazgos son más espectaculares que eficaces, de acuerdo –dijo llevándose una mano a la frente a modo de visera–. Pero hay que reconocer, oye, que volcar una tinaja y encontrarte con diez kilos de joyas delante de las narices, es como para que se te encoja el ombligo.

Jero frunció por dos veces los hombros, aparentemente frágiles, pero nervudos y vigorosos:

–¿Espectacular?, bueno, de acuerdo, pero ¿qué problemas nos resuelve? Si es caso confirmar que el castro de Aradas es el punto de encuentro de la cultura celtibérica y la castreña, pero, a fin de cuentas, tampoco eso es ninguna novedad, Paco; todos lo sabíamos; hasta el propio Coronel lo sospechaba.

El Subdirector General rebulló en el asiento. Aflojó aún más el cinturón de seguridad. Dijo desasosegado:

—Este sistema es una mierda, oye, oprime el estómago, prefiero los fijos, ¿por qué no los cambias? Pon, al menos, una pinza de la ropa para que haga tope —se volvió hacia Jero, esbozó una sonrisa y dulcificó la voz para cambiar de tema—: ¿No crees que estás sacando conclusiones prematuras? Por de pronto, Pablito me ha hablado de una fíbula zoomorfa de arco aplanado, con resorte de charnela, única en la cuenca del Duero. Ni en Padilla, ni en Jaramillo hay nada que se le parezca, oye.

Jero tornó a fruncir los hombros en un movimiento convulso:

—Y, ¿qué? Entre la orfebrería de la Segunda Edad del Hierro hay diversidad, sólo faltaría —en sus ojos claros, levemente soñadores, brilló un matiz de reproche al desviarlos hacia el Subdirector General—. Hay otra cosa, además, Paco. Estoy cabreado. ¿Lo quieres más claro?

El Subdirector General rió con una risa entrecortada, espasmódica, casi como un hipo.

—¿Gaga? —apuntó.

—Gaga, claro, ¿quién va a ser? Le digo que me voy tres días a Almería y me tiro dos semanas allí. Al cabo de las dos semanas, le anuncio el regreso y antes de vernos, vuelta a marchar. ¿Tú crees que esto es serio? Con el corazón en la mano, Paco, ¿tú crees que habría muchas chicas que aguantasen semejantes frivolidades?

Volvió a reír el Subdirector General con su risita seca, cacareadora:

15

—¿Todavía no te ha planteado la alternativa de que la piqueta o ella?

—Mira, cada tarde.

Los miopes ojos del Subdirector General, al fondo de los cristales, se achinaban al reír:

—Pila me planteaba este dilema diez veces al día. Y, sin embargo, ya la ves ahora. Con los tres becerretes tiene bastante.

Jero soltó unos instantes las manos del volante y accionó nerviosa, apasionadamente:

—Tampoco es eso, Paco, no simplifiques. Para empezar, Gaga y yo no pensamos tener hijos. A lo mejor ni siquiera nos casamos.

El Subdirector General ahuecaba el cinturón con el dedo pulgar. Montó el labio inferior sobre el superior en un gesto meditabundo y preocupado:

—No te lo tomes al pie de la letra, oye. Pero, puestos a buscar paralelos, tampoco Pila quería tener hijos. Sólo pensarlo, la asustaba. Era demasiado frágil, estrecha de pelvis, qué sé yo cuántas cosas... Y ahí la tienes, tú. Tres hijos en cinco años. La maternidad es un instinto y como tal funciona.

Jero meneó la cabeza de un lado a otro.

—No quieres comprenderme, Paco. Gaga no es frágil, ni estrecha de pelvis. Simplemente se niega a tener familia; pasa de instinto maternal. Dice que con la Arqueología tiene bastante y, visto lo visto, no le falta razón.

Concluía la autopista y la cinta gris de la carretera, con los bordes desportillados, sin árboles, se perdía ahora en la línea del horizonte. A mano izquierda un pueblecito de barro, señoreado por una iglesia, se recortaba sobre el cielo azul y, frente a él, entre el verde tierno de las

16

siembras, tras un islote negro de pinos agrupados, una línea discontinua de mondas colinas cerraba la perspectiva. El Subdirector General levantó otra vez el voluminoso trasero del asiento.

—¿Tienes calor? —preguntó Jero adelantando la mano hasta la palanquita de la calefacción.

—Deja. Voy bien; si es caso, sueño. Esa condenada Tuta se despierta cada noche berreando como si la mataran. Apenas nos deja descansar, oye. Pedro porfía que con esto de la televisión los terrores nocturnos en los niños han aumentado un quinientos por ciento. ¡Vete a saber!

El Subdirector General ladeó el cuerpo y recostó la cabeza en lo alto del respaldo.

—¿Sabes que no me parece una mala idea descabezar una siestecita? —añadió.

Sus ojos diminutos quedaron reducidos a dos ojales al cerrarse. Jero se inclinó sobre el salpicadero, cogió otro caramelo y conectó la radio. Sonó la música.

—¿Te molesta?

—Al contrario, oye. Me arrulla. ¿No te entrará sueño?

—Descuida. Ya estoy acostumbrado.

2

Aunque el local apenas reunía docena y media de mesas, el rumor de voces, el hiriente estrépito de la loza, impedían conversar en un tono de voz normal. Jero, sosteniendo con el codo la puerta de vaivén, paseó sus claros ojos asombrados por entre los comensales. Divisó a Pablito, en la plataforma, su pelo planchado, su sonrisa fruitiva y, a su lado, un hombre mullido, calvo, carirredondo, se arranaba en el borde de la silla, como si pretendiera escamotear su humanidad tras los manteles de la mesa.

–Ahí están –dijo Jero levantando la voz.

Salvaron los tres peldaños que les separaban de la grada y se acercaron a la mesa. Pablito, radiante, se levantó y puso una mano blanca, afilada, como de marfil, sobre el hombro oscuro de su acompañante. Sonreía:

–Lino –dijo–, aquí te presento al señor Subdirector General, Paco para los amigos, y Jerónimo, mi compañero en Madrid –el hombre calvo forcejeó inútilmente con la silla, emparedada entre la mesa y el tabique, tratando de incorporarse. Engurruñido, tendió su mano, una mano grande, pesada, de campesino, al Subdirector General y, luego, a Jero. Pablito agregó–: Y éste es don Lino Cuesta Baeza, el descubridor del tesoro.

Se sentaron. Don Lino miraba a los recién llegados con aprensión, como si vinieran a pedirle cuentas. El rostro exangüe, de pelo negro, engomado, tirado hacia atrás, de Pablito irradiaba, en cambio, satisfacción. Dijo, demorando deliberadamente entrar de golpe en el tema:

18

—He pedido ancas de rana y lechazo asado para todos. Si alguno quiere cambiar, aún estamos a tiempo.

El Subdirector General observaba el rostro de don Lino con sus ojitos punzantes, con cierta insolencia, y don Lino, inquieto, se rebulló en el asiento y, aunque no había empezado a comer ni a beber, se pasó mecánicamente la servilleta por los labios. Dijo Jero, mientras escanciaba vino en los vasos, dirigiéndose a él:

—¿Conoció usted a don Virgilio, el Coronel?

La sonrisa de don Lino era corta, cuitada, como si pidiera disculpas:

—¿Quién no iba a conocer a don Virgilio en estos contornos? Era un hombre la mar de popular.

Jero bebió un sorbo de vino.

—El Coronel, como usted sabe, dedicó media vida al castro de Aradas. Con toda seguridad, en los últimos veinte años pasó más tiempo en él que en su propia casa. Conocía cada grieta, cada piedra, cada accidente del terreno. No era más que un aficionado pero diligente y, pese a su independencia, nunca quiso desconectarse de la Universidad.

Don Lino, cohibido, asentía, mientras el Subdirector General sonreía maliciosamente y Pablito, cuya inicial jovialidad iba trocándose paulatinamente en desasosiego, parecía preguntarse adónde quería ir a parar Jero con su interrogatorio. Prosiguió éste:

—Por eso me sorprendió esta mañana el Subdirector General con la noticia de un tesoro en el monte de Gamones, precisamente en el castro del Coronel. Yo...

Pablito terció, con su sonrisa pudibunda, en una tentativa por desviar la conversación:

—¡Y qué tesoro, Jero! Dentro de unos minutos podrás

verlo. A las tres y media he quedado con el director del Banco –mostró una llave con tres dientes desiguales en el paletón y guiñó un ojo–: No os preocupéis que está a buen recaudo.

Don Lino se revolvió en la silla, arrugando la frente, como si pretendiera apagar un inoportuno gemido intestinal. La voz salía de sus labios empastada y ruda, poco convincente:

–En realidad, el tesoro no apareció en el monte sino en el cortafuegos, en el tozal, o sea arriba del castro –aclaró–. Yo subí allí con el tractor porque, según mi encargado, el cortafuegos se había llenado de aulaga y mala hierba. Y un cortafuegos con broza es peor que si no existiese; si se prende es como yesca, ¿comprende usted?

Jero le miraba fijamente, ajeno a la comida que acababan de servirle. Cuando don Lino concluyó, adelantó hacia él su barbilla pugnaz y acusadora:

–Pero, según mis referencias, el monte ese es comunal. ¿Pretendía usted desbrozar el cortafuegos por amor al prójimo, únicamente por hacer un servicio a la comunidad?

Un conato de sonrisa abortó entre los labios de don Lino. Desvió los ojos hacia Pablito como buscando apoyo:

–No me quiere usted entender –dijo, al fin, frunciendo los labios–: Ciertamente el monte ese es comunal, pero, en la vertiente sur, hay una pinada de mi propiedad que se vería afectada en caso de incendio. Por eso subí. Para limpiar de broza el cortafuegos y evitar riesgos.

Jero comía ahora apresuradamente, observando de reojo a su interlocutor. Cuando terminó, apartó el plato a un lado, se limpió los labios con el borde del mantel, después de buscar inútilmente una servilleta, y dijo, como si la conversación no se hubiera interrumpido:

—Y según franqueaba el cortafuegos, zas, se da de bruces con la tinaja, así de fácil. ¿No le parece raro que el Coronel, que al fin y al cabo era un experto, pasase media vida sobre el castro sin ningún resultado práctico, y llegue usted una tarde a dar una vueltecita con el tractor y se tropiece con el tesoro?

Don Lino ahuecó los orificios de la nariz como si fuera a estornudar y, después, sonrió evasivamente:

—Son cosas que pasan, sí señor. Hay que dar un margen al azar. El azar juega en la vida un importante papel. Y, además, ¿quién puede asegurarnos que desde la muerte de don Virgilio no se haya producido en el castro alguna falla o algún corrimiento de tierras?

Pablito se acariciaba la barbilla sin pausa, como si pretendiera afilarla. Se diría que había adelgazado desde la llegada de Jero y el Subdirector General. Contrariamente, don Lino, aunque continuaba a la defensiva, se iba afirmando, adquiriendo seguridad, conforme hablaba. Se aproximó el camarero y el Subdirector General, después de consultarles, uno a uno, con la mirada levantó hasta él sus ojitos prisioneros:

—Un helado y cuatro cafés, por favor.

Jero reanudó su acoso sistemático.

—Y, ¿limpió usted, por fin, el cortafuegos?

—Eso pretendía, sí señor, pero ni tiempo tuve de hacerlo. Apenas había empezado, cuando me llamó la atención el borde redondo de la tinaja que sobresalía de la tierra entre la broza. Me apeé del tractor, arañé un poco con la azada y apareció una pulsera de oro. Fue lo primero que salió y me puse muy nervioso, lo reconozco. No sabía qué hacer. Y allí me quedé media hora dándole vueltas a la cabeza, hasta que, finalmente, volví a cubrirlo, bajé al pueblo y subí con uno de mis hombres, dos picos y dos palas.

Jero sonreía con sorna escarnecedora.

—Y usted, un hombre sin ninguna experiencia arqueológica, ¿fue capaz de divisar desde lo alto de un tractor el borde de una tinaja negra, sobre la tierra negra, entre la maleza que cubría el cortafuegos?

—Qué hacer. Un servidor no tendrá esa experiencia que usted dice, no señor, pero lleva casi cincuenta años trabajando la tierra. Sabe mirarla.

El Subdirector General sonreía divertido con el debate, en tanto Pablito, perdida definitivamente la euforia inicial, miraba a uno y a otro con expresión desolada. Jero, no obstante, se mantenía implacable.

—Y, ¿por qué razón el borde de una vieja tinaja le llamó la atención hasta el punto de apearse del tractor? Los restos de cerámica, de todas las edades, son accidentes habituales en los campos de Castilla. Un lego en la materia no tiene por qué sorprenderse por una cosa tan simple.

Don Lino adelantó el busto contra la mesa y guiñó picarescamente un ojo.

—Si don Virgilio se pasó media vida en el castro, como usted dice, por algo sería. Algo andaría buscando, digo yo.

Jero se inflamó en un repentino acceso de cólera:

—¡Nos está usted insultando! —dijo—. Ni don Virgilio ni nosotros somos buscadores de oro. Si cavamos la tierra es por otras razones, razones científicas exclusivamente. ¿Me comprende?

22

Don Lino parpadeó. No obstante, se mostraba tranquilo. Bebió un sorbo de café y se pasó la punta de la lengua por los labios.

—Yo no sabía eso —dijo—. Ahora ya estoy informado.

—Y, ¿por qué motivo demoró usted cuatro días la denuncia del hallazgo?

—Ya empecé por decirle que me puse nervioso.

—Un motivo más para dar parte, ¿no?

Don Lino apuró el café hasta la última gota, echando hacia atrás la cabeza. Depositó la taza en el plato y soltó una risita áspera, un poco forzada:

—Parece como que me estuviera juzgando usted, coño. Eso que usted me echa en cara es exactamente lo que hice. Avisar a Pablo y darle razón del hallazgo. Pero Pablo no hizo lo de usted. Al contrario, me dio las gracias y me prometió una parte del tesoro. —Se agarró las solapas de su chaqueta de pana y bajó la voz—: Ya lo creo que hay una diferencia.

Jero miró a Pablito, su rostro oliváceo, los ojos evasivos, suplicantes, y recogió velas:

—De acuerdo —dijo—. El Subdirector General hablará con usted sobre ese particular. En realidad, yo aquí no soy nadie. No tengo por qué meterme donde no me llaman.

Los ojos de don Lino y Pablito se volvieron hacia el Subdirector General, quien, antes de hablar, afianzó las gafas con un dedo, se acodó en la mesa, dejando entre sus brazos la taza de café:

—Usted sabe que el hallazgo de ciertos bienes, concretamente los de valor cultural, no puede silenciarse —dijo en un tono de voz distante, vagamente didáctico—. Cuando el hallazgo se produzca hay que informar inmediatamente al Estado porque el Estado, en principio, es su dueño o, hablando con más propiedad, tiene prioridad para su adquisición.

Don Lino asintió. El Subdirector General amusgó los ojos, frunció la frente y esperó a que los bulliciosos comensales de la mesa de al lado abandonaran el comedor para proseguir:

—En el caso que nos ocupa no hay problema. Todo está previsto por la ley. El tesoro lo ha descubierto usted pero el Estado lo reivindica por tratarse de bienes de interés general. ¿Me explico?

Don Lino aprobaba con la cabeza, los ojos codiciosos. Confirmó roncamente:

—Pablo me anticipó algo de esto.

Los ojitos del Subdirector General se posaban en él fríamente. Los de Pablito miraban al Subdirector General con cierta calidez agradecida. La voz del Subdirector General se desgranaba ahora con el neutro acento razonador de un jurista:

—Lo procedente es una tasación pericial. Un experto que dictamine: «Esto vale diez o vale veinte». Lo que sea. Y una vez determinado el justiprecio, a usted se le asignará la mitad en calidad de descubridor, en el supuesto de que el hallazgo se haya producido por casualidad.

Don Lino se humedeció los labios con la punta de la lengua:

—Sí señor —dijo, con voz apenas audible.

—Ahora bien —añadió el Subdirector General—, si, como creo haber entendido, el hallazgo se ha producido en su propia finca, usted tiene derecho al total de la tasación, ya que el otro cincuenta por ciento corresponde, según ley, al dueño del terreno.

24

La voz de don Lino se hizo aún más opaca:

–Eso no –advirtió–. El tozal donde apareció el tesoro pertenece al término de Gamones; lo mío está enclavado en Pobladura de Anta. La raya está orilla del cortafuegos, pocos metros más arriba.

El Subdirector General entornó pausadamente sus ojitos. Sonrió remotamente.

–En ese caso el Estado decidirá.

Don Lino casi le cortó:

–En realidad, el terreno ese no es de nadie, o sea, son bienes comunales.

El Subdirector General cesó de sonreír y levantó la redonda barbilla en actitud reprobadora:

–¿Desde cuándo lo comunal no es de nadie? En este país todo tiene un dueño, señor mío. El hecho de que no sea un particular no modifica las cosas. Ayuntamientos, Diputaciones, Autonomías, el mismo Estado, son personas jurídicas y, como tales, capaces de derechos y obligaciones.

Pablito consultó el reloj. Estaba cada vez más descolorido y ojeroso y su mano marfileña temblaba ligeramente al interrumpir al Subdirector General.

–Perdona, Paco –dijo–. Son las tres y veinte y a la media he quedado con el Director del Banco. Por otro lado, y disculpa que me meta en esto, este asunto de la indemnización está suficientemente claro. Lino no exige nada; no reclama nada. Acepta lo que se le dé y ¡santas pascuas!

–Está bien, está bien –dijo el Subdirector General arrastrando la silla hacia atrás e incorporándose.

Jero pagó la cuenta, dobló la factura y la guardó en el bolsillo interior de la cazadora. Ya en la calle, don Lino, que se abrigaba con un sucio tabardo gris y una gorra de visera, cedió la acera al Subdirector General. Detrás, emparejados, caminaban Pablito y Jero. Dijo aquél a media voz:

—Creo que has estado demasiado duro. ¿A santo de qué ese acoso? ¿Quién es el guapo que va a demostrar que Lino ha utilizado un detector?

Jero cerró de golpe la cremallera de la cazadora, metió las manos en los bolsillos del pantalón y encogió los hombros.

—Yo no he pretendido, ni pretendo demostrar nada. Únicamente que tu amigo se entere de que no me chupo el dedo.

—¿Quién te ha dicho que Lino sea amigo mío?

—Es igual, Pablo, amigo, conocido, como quieras llamarlo. ¡Que lo mismo da!

Repentinamente Pablito le tocó el antebrazo.

—Disculpa, el Director está esperando —aligeró el paso y adelantó a don Lino y al Subdirector General.

Al pie del gran rótulo, ante la puerta encristalada del ostentoso edificio de mármol rojo, un hombre maduro, enfundado en un abrigo azul marino, les sonreía. Al llegar a su altura, Pablito hizo las presentaciones y, seguidamente, el Director miró desconfiadamente a un lado y a otro y abrió la puerta del establecimiento. Una vez dentro, volvió a cerrarla. Al fondo del amplio patio desierto, una escalera, también de mármol rojo veteado, conducía a los sótanos. El Director recogió a un lado el grueso cordón granate que impedía el acceso y pulsó un interruptor.

—Perdonen que baje delante —dijo.

Ya en el sótano, miró con el mismo recelo de antes a

26

lo alto de la escalera, manipuló la clave de la caja y abrió la puerta blindada, empeñando en ello todas sus fuerzas. El interior de la cámara de tres metros por tres, con taquillas numeradas en los cuatro costados, tenía un rígido aspecto funerario. El Director se introdujo en ella, escogió una llave y sonrió a Pablito.

–Usted tiene la otra, ¿verdad?

El Subdirector General, Jero y don Lino esperaban expectantes a la puerta de la cámara y, cuando Pablito reapareció con la bolsa de fieltro rojo en la mano, el Director les invitó a pasar al despacho anejo, dio la luz sobre la gran mesa ovalada y salió de la habitación musitando una excusa. Volvía a exultar Pablito al volcar cuidadosamente el contenido de la bolsa sobre el tablero bruñido:

–Aquí está el tesoro de Alí Babá –bromeó.

Torques, brazaletes, anillos, fíbulas, colgantes, arracadas, pendientes de oro y plata, enredados unos con otros, se desparramaron sobre la mesa vacía. Al verlos, el Subdirector General emitió un prolongado silbido y don Lino, un poco retirado, esbozó una cauta sonrisa. Jero fue el primero en sobreponerse al embelesamiento general y decidirse a desenredar las joyas. Le bastó un vistazo para emitir un diagnóstico:

–Elementos de adorno personal. Finales de la Segunda Edad del Hierro –dijo con laconismo de experto.

Y como si sus palabras fueran una invitación, las manos impacientes de Pablito y el Subdirector General se adelantaron hasta las joyas, primero tímidamente y, después, perdido el respeto inicial, revolviéndolas, separándolas, examinándolas, mientras don Lino les observaba desde una prudente distancia, con la misma expresión

27

inefable con que se observa a un grupo de niños enfrascados en sus juegos. Los tres arqueólogos se comunicaban entre sí mediante frases escuetas, valiéndose de sobrentendidos, subrayándose unos a otros, con entusiasmo, las peculiaridades de cada pieza. Pablito extrajo del montón un brazalete de oro y reclamó la atención del Subdirector General:

—Atiende, Paco. De estos brazaletes acintados, espiraliformes, no creo que haya precedentes en la Península —dijo orgullosamente, jugando una baza en favor de don Lino.

El Subdirector General asentía complacido, sus ojitos diminutos conmovidos al fondo de los cristales. Cogió con dedos reverentes un broche de oro y lo manipuló, dándole vueltas sin cesar, con extremada delicadeza, aproximándolo a las gafas. Daba la impresión, tal era su ensimismamiento, de que en cualquier momento podría caérsele la baba. Sonrió. Dijo, finalmente, con emoción reprimida:

—¿Es ésta la fíbula de que me hablaste?

Pablito sonreía también, arrobado:

—Ésa —dijo—. Fíjate en los prótomos. No conozco otro caso en la joyería prerromana hispánica, con prótomos de animales.

El Subdirector General la curioseó durante largo rato, y por último, se la pasó a Jero.

—¿Te das cuenta? —preguntó—. Parecen dos leones. Esto sí que es insólito en la orfebrería de la Meseta.

Jero encogió los hombros, consideró la fíbula con desgana y, luego, la juntó con las otras joyas, sin comentario. El Subdirector General le constriñó con la mirada:

—Bueno —dijo Jero a regañadientes—. Podría ser una

importación. En ciertas fíbulas ibéricas del sur se dan representaciones similares.

El Subdirector General y Pablito continuaban hurgando entre las joyas, cambiando impresiones ocasionales ante la plácida mirada de don Lino. Jero sacó del bolsillo delantero del pantalón su viejo reloj:

—Os advierto que son casi las cinco —dijo— y a las siete y media apenas se ve.

—Tienes razón; vamos, vamos... —dijo el Subdirector General empujando a Pablito, pero sus ojos quedaron imantados por un torques de plata y, sin poder reportarse, regresó hasta la mesa—. Perdonad —añadió, tomándolo escrupulosamente con dos dedos y levantándolo ligeramente para que lo observaran sus compañeros—: Este engrosamiento progresivo hacia el centro es semejante a los de los de Santisteban y Torre de Juan Abad y, sin embargo, el cierre, en gancho, es absolutamente nuevo —lo unió al resto de las joyas y repitió—: Bueno, vámonos. Si nos entretenemos con esto ahora, no saldríamos de aquí hasta que la rana críe pelos. En Madrid lo veremos con más detenimiento. Desde luego, el descubrimiento es importante —levantó sus ojitos hacia Jero.

—¿Qué kilómetros hay a Gamones?

—Con suerte y sin tráfico, cuarenta minutos —respondió Jero, metiéndose en la boca un caramelo.

—Pues vamos allá —dijo el Subdirector General dirigiéndose hacia la puerta.

3

A medida que el automóvil ascendía por la empinada pendiente del castro, se diría que el vallejo reverdecía, se hacía más recoleto y profundo, y el pueblecito en el fondo, a ambos lados del riachuelo, con las chimeneas fumosas y las viejas tejas renegridas, se reducía a las proporciones de una tarjeta postal. Jero conducía diestramente, salvando los pedruscos, orillando los relejes, y cuando don Lino repitió por tercera vez, inclinándose sobre su nuca, con el mismo acento de suficiencia que las dos anteriores: «Más hubiéramos adelantado trayendo el Land Rover», no pudo evitar un estremecimiento. El Subdirector General, a su lado, disimuló una sonrisa, y desvió la mirada hacia el castro: una masa ciclópea ingente, en la que resaltaban los riscos de cuarcita y los paramentos de la muralla. Jero metió la primera velocidad y señaló insistentemente con un dedo a través del parabrisas:

–¿Te das cuenta? –dijo al Subdirector General–. Esa extraña configuración de recintos geminados fue lo que indujo al bueno de don Virgilio a bautizar el castro con el nombre de Segundas Cogotas. Tal vez parezca un poco pretencioso pero no es descabellado. En cierto modo algo se asemeja a la estación abulense.

Saltó una piedra que produjo un ruido sordo en los bajos del automóvil. Jero apretó los labios.

–Ojo, con el cárter –dijo don Lino.

A la izquierda del camino, tras un recodo pronunciado, surgió un nogal, cuyas ramas, mecidas por el viento, se abatían y erguían alternativamente. Unos cirros sobrevolaban el castro, y bajo ellos, planeaban dos buitres. Dijo Jero mirando al nogal solevantado:

–Como de costumbre hace viento aquí. Don Virgilio solía decir que si lográramos entubar el viento de Aradas podríamos barrer de contaminación el cielo de Europa. Las ideas del Coronel eran divertidas; con frecuencia tenía intuiciones geniales.

La rampa se acentuaba y don Lino, en el asiento trasero, adelantó el busto hasta casi rozar con sus labios el cogote de Jero:

–Orille ahí, junto a la peña; no siga. El camino está mal arriba y podría atollarse el coche. Además no vale la pena; el cortafuegos queda a dos pasos.

El viento batía los faldones de los abrigos y hacía lagrimear los ojos. En lo alto del teso, las rachas eran aún más violentas y don Lino se sujetó la visera con la mano. El cordal se bifurcaba, subía y bajaba a diferentes niveles, para terminar conformando la pequeña cordillera que circuía el valle. Don Lino avanzó resueltamente por el cortafuegos, una calle invadida de aulagas, apenas diferenciada del monte de roble que dividía en dos mitades y, al llegar al borde del tozal, se detuvo. Un hoyo profundo se abría a sus pies.

–Aquí lo tienen –dijo, volviéndose al grupo.

Jero, junto a él, meneó la cabeza disgustado:

–Si ahonda usted un poco más llega a Australia. Creo que para sacar una tinaja no hacía falta tanto.

Don Lino, la mano en la visera, sonrió con sonrisa de hombre avisado.

–Y, ¿si hubiera habido dos? Donde hay una bien puede haber dos, ¿no cree?

El Subdirector General se colocó entre Jero y Pablito. Inspeccionaba el lugar con mirada profesional. Pateó el suelo:

–Digo que este rellano bien pudo servir de caserío a la población protohistórica –se dirigió a Jero–: Habrá que mirarlo, oye.

Jero, que al apearse del coche se había alzado el cuello de la cazadora, ocultó ahora las manos en los bolsillos del pantalón.

–¿Tú crees que es necesario?

–Bueno, unas calicatas; una pequeña prospección. Hay que contrastar el ambiente del hallazgo.

Dio una vuelta alrededor del hoyo sin dejar de mirar y señaló el montón de tierra removida:

–Hay que cribar todo esto, oye. No es que espere grandes sorpresas, pero hay que hacerlo. No queda otro remedio.

El rostro de Pablito era de una palidez cerúlea. Le brillaba la moquita en la punta de la nariz. Preguntó ingenuamente:

–¿Insinúas que puede haber otra olla?

–No se trata de eso ahora. Busco el origen de ese tesoro. Dónde, cuándo y por qué. ¿Fue escondido en el subsuelo de una vivienda o, por el contrario, constituye el ajuar de una tumba excepcional? Nuestra misión es averiguarlo, oye. Para eso estamos.

Jero se frotaba vigorosamente una mano con otra tanto para defenderse del frío como para sujetar su impaciencia.

–Lo que considero primordial –dijo– es datar la ocultación. Determinar la fecha en que se produjo; es decir, si se corresponde con la época de las joyas o ha sido posterior. Acuérdate del tesoro de Drieves.

–A eso iba –dijo el Subdirector General.

–Pero eso no corre tanta prisa, Paco, creo yo.

El Subdirector General le tomó del brazo y bajó la voz tratando de hurtarla al oído avezado de don Lino:

–Convengamos que el descubrimiento es como para quitarse el sombrero, Jero, no nos engañemos. Interesa presentar el informe completo en este ejercicio, oye. Esto hay que hacerlo sin demora. Mañana.

Jero arrugó la nariz como si fuera a estornudar.

–¿Mañana? ¿Estás loco?

El Subdirector General rompió a reír, con su risita cortada, seca, espasmódica:

–Olvídate de Gaga por un momento, oye. Tenemos entre manos algo excepcional. A Gaga le llamaré esta noche, te lo prometo. Y mañana la sacaremos Pila y yo a cenar. Es una chica sensata; lo comprenderá en seguida.

El rostro deportivo de Jero se ensombreció. Sus claros ojos soñadores, se amusgaron para decir:

–No es Gaga, Paco. O, mejor dicho, no es sólo Gaga. Es todo: las clases, el catálogo de Almenara, la clasificación de lo de Almería... ¡La Biblia en verso!

Los ojitos del Subdirector General sonreían oblicuamente.

–Tranquilo, oye. Lo primero es lo primero. Total, la Semana Santa está encima, pocas clases vas a perder por esto. Lo demás, déjalo de mi mano.

Pablito, encogido en su abrigo de mezclilla, apuntó tímidamente.

–Y, ¿el dinero?

El Subdirector General se volvió hacia él y le palmeó la espalda:

–Ni eso, oye, pásmate. Por una vez no hay problemas

34

de dinero. Disponemos de la subvención para excavaciones de urgencia. Y tenemos la suerte de que en esta provincia está intacta.

Se reunieron con don Lino, quien, sin apartarse de la hoya, les había vuelto la espalda y oteaba atentamente el panorama a sus pies. El viento silbaba entre los riscos y, abajo, en el pueblo, sacudía las ramas de los árboles y aventaba el humo de las chimeneas. Las casas de piedra, con angostos ventanos al norte, se abrían a poniente en amplias galerías de madera, con botes de flores colgados de las barandillas pintadas de verde. El caserío, diseminado en tres barrios, enlazados entre sí por dos caminos que faldeaban la montaña, conformaba, en el del centro, una plaza rectangular, en uno de cuyos costados se alzaba la iglesia de grises sillares, sin apenas vanos, como una fortaleza. En las traseras de las casas, se apretaban los huertos y corrales, demarcados por tapias revestidas de hiedra. Y, en el ensanchamiento de una cambera, junto a un pequeño molino, bajo cuyos arcos espumeaba el agua, reposaba una máquina esquemática, roja y amarilla, para hilerar alfalfa. El pueblo, desde lo alto, producía la impresión de abandonado. Tan sólo un hombre, diminuto como una hormiga, negreaba en el camino, empujando una carretilla hacia uno de los barrios extremos, precedido por un perro. Una impetuosa ráfaga desequilibró a Pablito que trastabilleó entre las rocas.

–¡Cuidado, tú!, no te vayas a despeñar ahora –dijo Jero.

El Subdirector General abordó a don Lino:

–¿Qué vecinos tiene esto?

–¿Vecinos? Pocos. No sé si llegarán a cincuenta.

–¿Doscientos habitantes entonces?

–No creo que alcancen –rió–, pero le advierto que son

muy brutos. Una vez, por una apuesta, subieron un buey al campanario.

El Subdirector General no se alteró.

—Y, ¿la linde del término?

Don Lino sacó su manaza del bolsillo del tabardo y señaló la entrada del cortafuegos:

—Ve ahí, por donde hemos subido, en el bocacerral, va la raya con Pobladura. Por menos de cien metros no le ha caído el gordo a mi pueblo.

Jero, ajeno a la conversación, contemplaba la cuenca, la escarpada ladera de enfrente, donde, entre pequeñas hazas de cereal, pastaba un rebaño de cabras. En los bajos, a un lado y otro del riachuelo, se alineaban marcialmente los manzanos hasta diluirse en la penumbra del recodo. El Subdirector General volvió la espalda al viento. Le dijo a Jero:

—Esto está visto, tú. Cuando quieras.

Una vez dentro del coche, Pablito se frotó sus débiles manos hinchadas por el frío.

—La verdad es que está cayendo una helada de película.

El coche se resistía a arrancar.

—Se ha quedado frío —murmuró Jero.

Tiró del botón del aire y el motor ronroneó. Aceleró, en vacío, dos o tres veces.

—Vale —se dijo a sí mismo.

Descendían lentamente y, al abocar a la carretera, detuvo el automóvil y, con la bocamanga, limpió el vaho del cristal de su ventanilla.

—No se ve ni papa —dijo.

Volvió a sentir en el cogote el húmedo aliento de don Lino.

–Tire sin miedo –le dijo–. Es más difícil topar aquí con otro coche que acertar una quiniela de catorce.

La Plaza se encontraba desierta, pero al irrumpir el Ritmo, un hombre corpulento, sucio, con una pata de palo y una muleta en la axila, se asomó a la puerta del bar, se apoyó en el quicio, sonrió burlonamente y les hizo un ostentoso corte de mangas. El Subdirector General volvió incrédulo la cabeza para mirar por la ventanilla trasera:

–Pero, ¿habéis visto? ¿A qué viene eso ahora?

Pablito rió apagadamente:

–Será costumbre aquí –dijo.

Don Lino carraspeó para aclararse la voz:

–A ése le dicen el Papo –dijo– y es el más bruto de todos. En el 55 estuvo de alcalde y quiso fusilar al alguacil porque enamoró a su hermana. Pero lo que no perdona ahora es que yo haya dado con el tesoro.

El Subdirector General se acodó en el respaldo del asiento y le miró a los ojos:

–¿Es que saben ya en Gamones lo del hallazgo?

–Dejarán. El cabrero corrió la voz.

El Subdirector General se enderezó y habló nerviosamente a Jero:

–¿Oyes? Hay que empezar inmediatamente. Mañana sin falta. Ahora buscas alojamiento en Covillas y mañana, a primera hora, tienes aquí el equipo completo: Ángel, Cristino y el Fíbula. ¿O prefieres a Sinfo?

Se esfumaba la última luz de la tarde y Jero encendió los faros de cruce, tomó un caramelo de la bandeja del salpicadero y lo metió en la boca. Frunció la frente y chupeteó un rato antes de hablar:

–Mejor el Fíbula –dijo–. Tiene más instinto.

Jero se ceñía de tal manera a las curvas que el costado del coche rozaba los arbustos de la carretera, pero las revueltas eran tantas que durante varios minutos hubo de caminar a cubierto del camióncisterna que le precedía, sin posibilidad de adelantarlo. En Covillas estacionó el coche en el aparcamiento de la Plaza. Pablito consultó su reloj.

—¿Una cervecita? —apuntó el Subdirector General.

Pablito rehusó. Tartamudeaba al justificarse:

—Si... si no me necesitas, Subdirector, yo... yo me vuelvo. Se me hace tarde. Tengo un compromiso para cenar —se dirigió a don Lino, un poco rezagado—: ¿Vienes o te quedas?

Don Lino miró un momento al Subdirector General como pidiéndole la venia, se abotonó el tabardo y dijo:

—Me voy contigo. En realidad yo ya no pinto nada aquí.

Al estrechar la manaza de don Lino el Subdirector General se consideró en el deber de aclarar:

—Bellas Artes se pondrá en contacto con usted. Déjele a Pablo su dirección y teléfono.

Mientras don Lino y Pablito se alejaban hacia el automóvil de aquél, el Subdirector General tomó del brazo a Jero y le arrastró hacia el luminoso parpadeante que decía: «Cafetería Alaska». Dijo Jero:

—Me duele que este cacho cabrón se embolse mañana cuatro o cinco millones por su cara bonita. No hay derecho, la verdad. Estamos premiando la mala fe y la bellaquería, Paco.

Los ojitos del Subdirector General, enjaulados al fondo de los cristales, se entornaron en un guiñito de burla:

–¿Qué quieres, oye? Con detector o sin él, ese ciudadano nos ha prestado un servicio. Hay que pagarlo.

Dentro de la cafetería el bullicio era ensordecedor. Unos jóvenes voceaban a una muchacha que respondía desde el otro extremo de la barra, mientras otros dos, detrás del Subdirector General, jugaban sin parar en una máquina tragaperras y, tres metros más allá, una chica gruesa, de inexpresivos ojos vacunos, hacía sonar una cinta a todo volumen y se contoneaba, siguiendo el compás con el trasero. El Subdirector General tomó el vaso de cerveza en la mano y, recostado en el taburete giratorio, puntualizó:

–Me llevo tu coche y mañana a primera hora lo tienes de vuelta con Cristino y el resto de la cuadrilla. Ahora busca alojamiento, oye. Podéis comer en Gamones para aprovechar el tiempo. Y no os durmáis, por favor –bebió un buche de cerveza inflando los carrillos, como si quisiera calentarlo antes de tragarlo y, después, agregó–: Creo que ya me he explicado, ¿no? Nada de excavación extensiva, sino un sondeo en profundidad. Yo creo que un cuadro de cuatro por cuatro sería suficiente.

El estrépito no cedía y la mirada de Jero se perdía entre las botellas de las estanterías.

–¿Me has oído? –insistió el Subdirector General.

–Sí, sí, de acuerdo.

El Subdirector General añadió, contemplándole el perfil, como si desconfiase:

–De momento, con facilitar un marco histórico al hallazgo podemos darnos por satisfechos.

Jero asintió. El Subdirector General metió dos dedos en uno de los bolsillos bajos del chaleco, sacó unas monedas y pagó.

–Ahora me largo, oye. Tengo tres horas de carretera por delante y ya sabes que conducir de noche no es precisamente mi deporte favorito.

En la Plaza, el viento era menos recio y frío que arriba, en la montaña. Jero le acompañó hasta el coche y recogió su maletín; parecía contrariado. Antes de arrancar, el Subdirector General bajó el vidrio de la portezuela y precisó:

–Entonces mañana, a las ocho y media, aquí; en esa misma cafetería. ¿Vale?

–Vale.

Arrancó, agitó dos veces la mano fuera de la ventanilla, metió la segunda velocidad, y desapareció por la primera calle a la derecha. Jero, al verse solo, suspiró, sacudió dos veces los hombros y se dirigió a la cabina telefónica en el centro de la Plaza. Depositó unas monedas en la ranura y marcó un número. Esperó un rato, volvió a colgar y repitió la maniobra otras dos veces, en vano. Finalmente, colgó de golpe el auricular, malhumorado, abandonó la cabina y se encaminó de nuevo a la cafetería con el neceser en una mano y la otra en el bolsillo.

4

A través de los cristales empañados, Jero vio llegar su coche con Ángel al volante. Los muchachos, después de asegurar las portezuelas, sacaron de la maleta sus bolsas de viaje y se encaminaron en grupo hacia la cafetería, Cristino, según un viejo hábito, en último lugar, la cabeza ladeada, como uno de esos perros de muestra escorados en fuerza de buscar el viento. Se reunieron con Jero en la barra.

—¿Qué tal el viaje? ¿Qué queréis tomar?

Cristino titubeó, adelantó los labios en un mohín de indiferencia.

—Café con leche, ¿no? —consultó a sus compañeros con la mirada y confirmó—: Tres cafés con leche.

Los muchachos eran muy jóvenes, rondando la veintena. No obstante, la forzada postura de Cristino, su cabeza humillada (actitud adoptada desde meses atrás con la intención de disimular la mancha de vitíligo que se le extendía por el cuello y la mejilla derecha) le hacía aparentar más edad. Jero había amanecido esta mañana diligente y animado.

—¿Cansados? —preguntó.

El Fíbula estiró los brazos, cerró los ojos y bostezó largamente.

—Cansados de coche, macho. De eso estamos cansados.

—Me alegro, porque os anticipo que aquí hay que dar el callo.

—Vale.

El Fíbula era alto y descarnado y su buida nariz, unida a la acentuada curva de la frente, y a sus ojos redondos y escrutadores, le daban una cómica apariencia de pájaro.

—¿Buscaste alojamiento?

—Eso está arreglado. Ahora, antes de marchar, dejaremos allí los equipajes. ¿Hablasteis con Paco?

—Anoche —precisó Cristino— me tuvo al teléfono más de media hora. Ya le conoces. Parece que está todo claro, ¿no? Lo único inexplicable es que el lince de don Virgilio se dejara pisar este hallazgo.

Jero protestó:

—Eso no; don Virgilio nunca quiso saber nada de detectores ni de otros artilugios más o menos sofisticados. Al Coronel le gustaba jugar limpio.

Ángel, que se dejaba crecer un débil bigotito lampiño que intensificaba su aspecto infantil, pareció sorprendido.

—¿Es que tú crees que el tipo ese echó mano del detector?

—¡Cómo te lo diría yo!, pero vete a probarlo. No queda otro remedio que aceptar que el descubrimiento ha sido casual.

—El Subdirector me dijo algo del asunto —dijo oblicuamente Cristino—. Me habló también de abrir una sola cata —miró a Jero en una postura difícil—: ¿Cuáles son tus planes?

Jero aprovechó las dos gotas de agua que habían escurrido de su vaso para dibujar con un dedo, sobre la bruñida superficie del mostrador, la pequeña meseta del tozal, dividida en dos por el cortafuegos:

—El tesoro ha sido descubierto tal que aquí, en este extremo del cortafuegos. Ahí, alrededor del hoyo donde estaba la tinaja, vamos a trazar la cuadrícula; luego bajaremos levantando capas artificiales de unos cinco centímetros de espesor. No se trata de excavar en área, sino simplemente de conocer la realidad estratigráfica. Es decir, lo que interesa, de momento, es encajar el tesoro en un determinado horizonte arqueológico.

Cristino, Ángel y el Fíbula, agrupados en torno a él, asintieron. Escuchaban a Jero con el mismo respeto deferente, el mismo fervor ilusionado, con que escucharon su primera lección cuatro años atrás, el día que ingresaron en la Facultad.

Jero prosiguió:

–Hay que cribar, además, el montón de tierra que ha sacado ese listo. Aunque no es fácil, puede quedar algo. El tipo ha removido Roma con Santiago sin técnica ni método alguno. Pero aquí, entre nosotros, el descubrimiento es de órdago. Si acertamos a fecharlo, tened la seguridad de que será la noticia arqueológica más sonada de los cinco últimos lustros.

Su encendido entusiasmo se contagió inmediatamente a sus ayudantes. Ángel, sin más demora, recogió del suelo su bolsón de viaje.

–Andando, machos, no perdamos más tiempo.

Cristino se detuvo en la puerta.

–¿Llevamos el coche?

–Luego; ahora no hace falta. La pensión queda a dos pasos, en la primera bocacalle.

La señora Nieves, la patrona, una mujer corpulenta, tuerta, con un ojo blanco, extrañamente abultado, después de mostrarles las habitaciones, les aseguró que a las ocho tendrían agua caliente para ducharse:

–Vayan con Dios –les dijo al despedirse.

En la carretera, apenas había tráfico. Los tilos tendían sus ramas desnudas sobre las cunetas y una picaza, afanada en picotear los restos de un conejo atropellado en el asfalto, levantó el vuelo a su paso. El viento había amainado y unas nubes, desgarradas y sucias, como de niebla alta, ocultaban el sol. En la plaza de Gamones, las mujeres, con platos y fuentes de loza en las manos, hacían cola ante la furgoneta del pescado que acababa de llegar y anunciaba a bocinazos su presencia. Del otro lado, en un edificio de dos plantas, apuntalado sobre los soportales en arco, un cartel descolorido por el tiempo decía: «Casa Consistorial». Dentro no había nadie. Únicamente dos albañiles en el segundo piso, recibían con cal los muros de una amplia sala desnuda y les facilitaron la dirección del Alcalde. En la salita donde éste les recibió, minutos más tarde, embaldosada con losetas rojas y adornada con fotografías familiares, había una mesa barnizada, media docena de sillas y un aparador de dos cuerpos con puertas de cristales. El Alcalde, hombre menudo y aspaventero, no se levantó al verlos. Apartó a un lado el periódico que leía y, al oír sus pretensiones, ladeó la cabeza y se hurgó obstinadamente con un dedo en el oído derecho, como si le atornillase:

—¿Escarbar en Aradas? —preguntó con la misma reticencia que si le pidieran dinero—: Me temo que eso no va a ser posible.

—Hemos venido de Madrid exclusivamente para eso.

—De Madrid —repitió con una mueca burlona el Alcalde—: En Madrid sólo se acuerdan de Gamones cuando aparece oro en el término.

Jero abrió desmesuradamente los ojos:

—A mí eso no me incumbe —dijo—. Quiero decirle que

44

personalmente, me trae sin cuidado si en Madrid se acuerdan o no de Gamones. Yo soy un profesional, tengo mi oficio y voy a trabajar donde me mandan.

–Y, ¿quién le manda a usted, si no es mala pregunta?

Jero sacó parsimoniosamente del bolsillo interior de la cazadora el papel plegado que Cristino acababa de entregarle en el coche, lo desdobló, le dio media vuelta y lo puso ante los ojos del Alcalde. Éste miró y remiró el papel con desconfianza. Preguntó al cabo:

–¿Quién firma esto?

–Ahí lo tiene –Jero puso la uña sobre la rúbrica–. El Director General de Bellas Artes.

El hombrecillo carraspeó, volvió a hurgarse en el oído, rebulló inquieto en la silla y, finalmente, admitió:

–El castro ese es propiedad municipal, así que problemas para escarbar no tienen. O sea, que yo, al menos, como autoridad, no puedo prohibírselo.

En la Plaza, una vieja rezagada junto a la furgoneta, les informó que la señora Olimpia, en una casa de la trasera de la iglesia, preparaba comidas para forasteros. La señora Olimpia, sesentona, fornida, con unos pelos lacios en la barbilla, les atendía sin dejar de entrar y salir del corral, acarreando brazadas de lecherines para los conejos:

–Descuiden –dijo, al fin–. A las dos tendrán la comida.

De vuelta al coche, Jero sacó su reloj de bolsillo.

–Las diez y veinte –dijo contrariado–. El morugo del alcalde nos ha hecho perder más de una hora.

Las ruedas botaban en las piedras y los baches del camino y el Fíbula se echó las manos a la cabeza:

–¡Joder, vaya autopista!

Ángel y Cristino observaban con curiosidad la gran

cresta rocosa, las concavidades amarillentas de la cornisa, que Jero les mostraba a través de los cristales. Al doblar la primera curva, clavado en el tronco de la nogala, descubrieron un cartel garrapateado sobre una tabla.

–¡Aguarda, macho! –dijo el Fíbula. Y una vez que Jero detuvo el automóvil, añadió silabeando–. Pro-hi-bi-do-ha-cer-es-car-ba-cio-nes –golpeó con el puño cerrado la palma de la otra mano–. ¿Os dais cuenta? Estos paletos son la hostia. Esto es amor al patrimonio cultural y lo demás son cuentos.

Jero se metió un caramelo en la boca y reanudó la marcha:

–No diría yo tanto.

–¿Qué insinúas?

–¡Qué sé yo! El sietemesino del Alcalde ha estado reticente, poco claro. No me da buena espina el tío. Por si fuera poco, anoche, de regreso, al cruzar el pueblo, un maldito tullido nos hizo un corte de mangas sin venir a cuento. No sé, intuyo cierta animosidad contra nosotros. Odian cordialmente a don Lino, que es del pueblo de al lado, y a nosotros, sin más ni más, nos consideran sus compinches. Tengo la impresión de que nos meten a todos en un mismo saco.

–¿Es que don Lino no es de Gamones? –preguntó Cristino.

–Naturalmente. Es de Pobladura, el pueblo inmediato. Ése es el problema. Ya conoces el dicho: «Pueblos vecinos, mal avenidos».

Apenas habían reanudado la marcha, cuando el Fíbula se enderezó en el asiento posterior y miró por el parabrisas, entre las cabezas de Jero y Cristino:

–¡Otra cartela, tú! –rió y leyó en voz alta–: «Pro-hi-bi-

46

do-ha-cer-es-car-ba-cio-nes» —tornó a reír ruidosamente—. ¡Coño, hay que reconocer que imaginación no les falta!

Jero estacionó el coche junto al peñasco, en cuya base, burdamente garabateado con pintura negra, figuraba por tercera vez la misma advertencia. Mientras sacaban de la maleta del coche los carretes de cuerda, las azadas, las palas y las piquetas, Cristino se dirigió a Jero, mirándole de soslayo:

—¿Tú crees que los carteles esos van por nosotros?

Jero levantó los hombros, malhumorado.

—¿Cómo quieres que lo sepa? Irán por don Lino, por nosotros, por María Santísima. Irán por todos y por ninguno, supongo. Es un aviso.

El cielo seguía encapotado pero algo así como una claridad lechosa, un débil resplandor, pugnaba con la masa de nubes grises. Cristino levantó los ojos:

—Es niebla —dijo—. A la tarde levantará.

—Como se conoce que eres de pueblo, macho —rió Ángel.

Ante el hoyo, el grupo adoptó una actitud ensimismada, la misma que acompañaba, indefectiblemente, al inicio de cada una de sus prospecciones. El Fíbula, después de pasarse la punta de la lengua por el labio superior, fue el primero en romper el silencio:

—Y pensar que aquí ha habido enterrados diez millones de pelas durante miles de años es para cagarse, machos.

El rostro aniñado de Ángel se iluminó con una sonrisa.

—Y, ¿qué hubieras hecho tú si lo descubres?

—¿Yo? Callar la boca, fundirlo, abrir un plazo fijo y a vivir. Te lo juro por Dios.

47

–No digas disparates –terció Jero.

–¿Disparates? ¿Crees de veras que eso es un disparate? ¿Piensas que esto que hacemos nosotros va a proporcionarnos diez millones algún día?

Jero alzó maquinalmente los hombros por dos veces:

–Aviados estaríamos si en esta vida sólo contasen los millones –dijo despectivamente–. ¿No se te ha ocurrido pensar que llegar al fondo de nuestras propias raíces es algo hermoso, que no puede comprarse con dinero?

El Fíbula hizo un gesto de duda:

–No lo sé, macho. Si tú lo dices.

Ángel se asomó al acantilado. Un atajo de vacas, vigilado por un niño, descendía hacia el río por la cambera del molino y el esquileo armonioso de sus cencerros llegaba nítidamente hasta lo alto del castro. Por el camino que faldeaba la ladera pedaleaba un ciclista y, entre medias, por la carretera de Covillas avanzaba perezosamente un coche de línea color amarillo. Inopinadamente, Ángel asió de un brazo a Cristino y tiró de él hacia la escarpadura, riendo, mientras el otro se resistía:

–¡Suelta, tú, cacho marica! –Cristino se desasió y quedó a tres metros del abismo–. ¿Es que no sabes que no puedo reprimir el vértigo?

Ángel y el Fíbula, reían. Jero agarró un rollo de cuerda.

–Venga a trabajar –dijo–. Van a dar las once y esto corre prisa –entregó el carrete a Cristino y marcó el punto cero–. Ya sabéis, triangulación 3-4-5; dos ejes ortogonales.

Los muchachos trabajaban en silencio. Ángel, como cada vez que se concentraba en un quehacer, se mordía suavemente la punta de la lengua. Aleccionados por

Jero, delimitaron con cuerdas y media docena de estacas el cuadro convenido, dos de cuyos laterales se ajustaban a la anchura del cortafuegos:

—Un poco a la derecha —dijo Jero a Cristino—. Es preciso encarar el norte magnético. De otro modo, nunca nos orientaremos.

Como si previamente hubieran establecido un plan de distribución del trabajo, sin un solo movimiento superfluo, el recinto quedó acordonado en pocos minutos. Desde el centro del cuadro, el hoyo abierto por don Lino realzaba el montículo de tierra removida a su lado. Jero tomó una azuela y rascó minuciosamente uno de los bordes del agujero, mientras Ángel y el Fíbula, junto a él, cavaban briosamente con las piquetas. En la mitad sur del cuadro, toparon en seguida con las primeras lajas. Jero advirtió:

—¡Ojo!, no las toquéis. Su sola disposición puede significar mucho para nosotros.

Una hora más tarde, la denodada labor de los cuatro muchachos dejó al descubierto las cepas de un muro de piedra en seco formando esquina. Jero pasó la brocha por la estructura y examinó detenidamente la negra tierra alrededor. Sus ayudantes, los brazos en jarras, le veían hacer, expectantes. Apuntó intrigado el Fíbula.

—¿Qué te parece?

Jero se limpió con la bocamanga la frente húmeda de sudor. Dijo contrariado:

—De que es una vivienda no cabe duda —dijo, al fin—, pero el cabrón de don Lino ha profundizado de más.

—¿De más?

—Ha horadado el suelo, quiero decir. De momento habrá que vaciar el habitáculo y, luego, ya veremos lo que procede.

Gradualmente, fueron apareciendo cenizas, huesos y restos de cerámica a torno, que Jero separaba con cuidado.

—¡Venga! —les animaba—. Esto entra en una fase interesante.

Ángel se enderezó, las manos en los riñones, al cabo de un rato, absorbió la punta de la lengua y entregó a Jero un fragmento de cerámica, de líneas pintadas.

—¿Y esto? —inquirió.

Jero mostraba una satisfacción cautelosa:

—Decididamente no es el ajuar de una tumba como, en principio, habíamos pensado —observaba minuciosamente el fragmento en la cuenca de su mano—. Estas cerámicas, en viviendas rectangulares, pueden revelar algo importante: el impacto de la celtiberización en el noroeste de la Meseta.

Depositó los restos recogidos en un zurrón de cuero, sacudió una mano con otra para desprenderse de la tierra y consultó el viejo reloj que había sacado del bolsillo delantero del pantalón:

—Las dos y cuarto —dijo sorprendido—. Hay que bajar a comer. Con un poquitín de suerte, mañana saldremos de dudas.

—Y, ¿por qué no esta tarde? —apremió Cristino.

Jero señaló con el dedo el ingente montón de tierra extraído por don Lino:

—Hay que cribar eso; antes hay que cribar eso. Ya sabes que no me gusta dejar flecos. Aunque improbable, también podemos sacar de ahí algún indicio. Además, hay que levantar el plano del muro.

50

Jero salió del hoyo y se situó en el costado norte de la cata, mirándola atentamente. Al cabo, agregó:

–Tendremos que ampliar la excavación por ese lado. Otra cuadrícula, digamos la A2. Lo haremos mañana, al tiempo que profundizamos en A1. Es indispensable documentar la planta. De momento vámonos a comer que ya es hora.

Recogió la cazadora del chaparro donde descansaba, se la puso sobre los hombros y dijo enfatizando la voz:

–Si no me equivoco, mañana habremos resuelto nuestro problema y el castro de Aradas nos revelará una parte de su secreto. ¡Lástima que el difunto don Virgilio no pueda acompañarnos!

5

La señora Olimpia, acuclillada ante el fuego, de espaldas a la mesa, se irguió lentamente y dio media vuelta. Sus mejillas congestionadas, reflejaban el ardor del hogar, donde las brasas de roble iban apagándose poco a poco, transformándose en rescoldo. Tomó del fogón una fuente de patatas fritas y la puso en el centro de la mesa camilla donde ellos comían con apetito, sujetando el hueso con los dedos, unas chuletas de cordero. Sobre la cabeza del Fíbula se abría un ventano a través del cual se adentraban tenues cacareos de gallinas y el metálico quiquiriquí de un gallo. Frente a él, entre una compleja teoría de anaqueles y vasares, con platos y cacharros, sonreía abiertamente, desde un atrasado calendario, una muchacha en bañador. La señora Olimpia quedó un rato plantada ante ellos, gruesa, cachazuda, los brazos en jarras, observando las necesidades de la mesa y, durante el tiempo que permaneció así, Cristino mantuvo vuelta la cabeza, mordisqueando distraídamente el hueso que sostenía entre los dedos. Jero se enfureció:

—¿Es que no puedes olvidarte un minuto de tu cara, coño? ¿Es que no sabes relajarte? ¡Mira de frente por una vez, leche!

La señora Olimpia, acuclillada de nuevo, avivaba las brasas con el soplillo antes de poner sobre ellas el puchero del café.

Cristino se mostraba afligido y sumiso:

—¿Qué quieres? —dijo—. Esto empezó siendo un tic pero ha acabado siendo un complejo. No puedo remediarlo.

Jero pretendió razonar:

—Ya sabes lo que dice Pedro. Antes que pomadas y potingues, lo primero que tienes que hacer es aprender a convivir con el vitíligo. Te guste o no, es tu compañero inseparable.

El Fíbula redondeó los ojos y bebió de un trago medio vaso de vino.

—¿Es que pica eso? —preguntó.

Cristino, abrumado, denegó con la cabeza:

—Pues, entonces, déjalo estar —añadió el Fíbula en tono festivo—. A mí no me importaría nada tener una cara bicolor, te lo juro por Dios. Una cara como una bandera. ¡Anda y que no debe de fardar eso!

Cristino sonrió apagadamente. Jero insistió. Se hacía evidente que no era la primera vez que aludía al tema. Indicó con una mirada a la señora Olimpia, inclinada sobre el fuego:

—Mira la vieja —dijo a media voz—. Tiene más barbas que un patriarca, pero da la cara, coño, no se acoquina. Y hace bien. Al que no le guste que no mire.

Ángel rió, señalando maliciosamente a Cristino.

—Pues mientras eso no se le quite, la Lourdes puede aguardar.

—¿Lourdes Pérez Lerma? —preguntó espontáneamente Jero, a quien las listas de sus alumnos se le grababan prodigiosamente en la cabeza desde el primer día de clase:

—Está por ella —añadió el Fíbula—, pero como si no. Todos andamos al cabo la calle menos la interesada.

Jero miró a Cristino:

—¿Es eso cierto?

—Bueno, vamos a dejarlo; son asuntos personales.

Ángel alzó la cabeza:

–Mira, compañero, con la mano en el corazón, prefiero tu cara antes que el lío que yo tengo formado, ¡palabra!

–¿Tan mal te va? –inquirió Jero.

–No es que me vaya bien ni mal, jefe, pero amarrarse a los diecinueve años no creo que sea un plato de gusto para nadie.

El Fíbula llenó los vasos de un vino negro, espeso, con una orla espumosa en la superficie.

–Después de todo, nadie te obligó a hacerlo.

–¡Joder, nadie me obligó...! ¿Serías tú capaz de dejar un hijo en la calle, sin nombre, como un hospiciano?

La señora Olimpia, que se acercaba a la mesa bamboleándose, con una nueva botella de vino en la mano, se detuvo, miró desconcertada a Ángel y exclamó:

–No me dirá que está usted casado.

Ángel infló el pecho cuanto pudo y lo golpeó rudamente con los dos puños cerrados como si fuera un tambor:

–Sí, señora. Casado y con un heredero para lo que usted guste mandar.

–¡Jesús!, si parece una criatura. Tiene usted más cara de hijo que de padre, ya ve lo que son las cosas.

Jero aprovechó la inesperada apertura de la señora Olimpia para meter cuña:

–Dígame, señora, ¿conoció usted a don Virgilio?

La mujer le miró y estiró el cuello como un pavo:

–¿Y quién no va a conocer al difunto Coronel en estos contornos?

Jero, los ojos en el plato, mondaba una naranja.

–Andaba mucho por el castro, ¿no es cierto?

–Mejor diría que no bajaba de él. Para mí que fue el

difunto Coronel y no don Lino quien descubrió la mina esa, ya ve usted.

Jero se atragantó. Tosió repetidamente antes de recuperar la voz.

—¿Es que hay una mina arriba?

La señora Olimpia hizo un gesto socarrón:

—Ande, no se haga ahora de nuevas. Si no fuese por la mina, ¿qué pintaban ustedes aquí?

Cristino, Ángel y el Fíbula la miraban sin pestañear. Jero, por el contrario, no osaba levantar los ojos del plato, por temor de interrumpir sus confidencias. Sin que nadie le preguntase nada, la vieja prosiguió:

—Yo tengo para mí que el difunto Coronel lo sabía, o sea, sabía lo de la mina y le fue con el cuento a la Pelaya. Porque la Pelaya andaba, por aquel entonces, en su casa, de cocinera, aunque hay quien dice, que yo en eso no me meto, que también andaba liado con ella. Pero lo que sí puedo decirles es que la Pelaya y su marido, el Gedeón, andan ahora con don Lino en la finca. ¿Creen ustedes que una cosa no va a tener nada que ver con otra?

Los muchachos se miraron entre sí. La voz de Jero se hizo aún más premiosa. Se producía con tanta prudencia como si temiera espantar un pájaro.

—Y si es cierto que don Virgilio lo sabía, ¿por qué no la explotó él?

—Explotar, ¿qué?

—La mina.

La señora Olimpia empezó a amontonar los platos sucios.

—Ésas son cosas de ellos —agregó vaga, ambiguamente, como arrepentida de su expansión anterior—. A saber los planes que tendría. El Coronel no sabía que iba a morir así, como murió, en un repente, sin decir oste ni moste.

Trasladó la torre de platos hasta la fregadera y se diría que, al volverles la espalda, quedó roto el hechizo. En vano trató Jero de reanudar la conversación. La señora Olimpia, acorazada en su hermetismo habitual, se desplazaba por la habitación como una sombra, arrastrando por las baldosas enceradas sus zapatillas negras de fieltro. Ante su mutismo, Jero se metió en la boca un caramelo y se incorporó.

–Las cuatro menos veinte –dijo–. Debemos aprovechar el tiempo. Apenas quedan tres horas y media de luz.

Conforme con el pronóstico de Cristino, la niebla se había disipado y el sol, un sol clemente, de primeros de abril, iluminaba tenuemente el valle y las laderas de enfrente que empezaban a verdear. En su costado norte, la cuadrícula mostraba, como una gigantesca dentadura, la estructura pétrea descubierta por la mañana. La tierra removida había sido sacada del recinto y el suelo, de lecho desigual, quedaba ahora limpio y apisonado. Jero distribuyó las cribas entre sus ayudantes y el Fíbula aposentó su enjuto trasero sobre el mojón de monte público y canturreó:

–Porque tenía una mujer,
¡qué dolor, qué dolor!

Súbitamente cesó de cantar, sonrió, aflautó la voz y dijo sin dejar de cribar:

–Señores, de la tierra venimos y a la tierra vamos, pero, entretanto, la tierra puede hablarnos con la misma claridad que un palimpsesto o una aljamía.

Ángel, que cribaba con afán unos puñados de tierra, la punta de la lengua entre los dientes, soltó una carcajada:

–¡Díaz Reina! –dijo triunfalmente, como si resolviese una adivinanza.

–Dejad tranquilo al bueno de don Lucio. Olvidémonos de él –dijo Cristino.

–¿Por qué olvidarle? Es un gran profesor –dijo Jero.

Ángel le miró incrédulo:

–¿Hablas en serio?

Terció el Fíbula:

–Es un paliza, macho. Parece un predicador.

–Con su oratoria no me meto, pero es un hombre que sabe por donde se anda –añadió Jero.

La oscilación de los cedazos no cesaba y el montón de tierra cribada iba aumentando paulatinamente. De la cuenca ascendía el campanilleo de un rebaño y la trepidación uniforme de un tractor. Desde la altura, el valle era como una gran caja de resonancia. Ángel, arrodillado con el tamiz entre las manos, interrumpió, de repente, su vaivén y dijo humorísticamente:

–¡La sorpresa! Me tocó. ¡Eureka!

Agitaba, en alto, como si fuera un trofeo, un pequeño fragmento de vaso rojizo. Jero lo miró complacido. Dijo profesoralmente:

–A ver, identifícalo.

Ángel sopló con fuerza el fragmento, sacó un pañuelo del bolsillo y limpió cuidadosamente los últimos restos de tierra:

–A saber –dijo caviloso, dándole media vuelta.

–Hazte a la idea de que estás en un examen.

Ángel titubeaba, se mordía la punta de la lengua y le daba vueltas y más vueltas entre los dedos.

–Puesto entre la espada y la pared –dijo, al fin– yo diría que celtibérico.

Jero encogió los hombros defraudado:

—Después de lo de esta mañana, eso es como no decir nada.

—Pásamelo, macho —dijo resignadamente el Fíbula alargando la mano y ladeando su cara de pájaro.

Ángel se lo entregó. El Fíbula, mientras analizaba el fragmento, frunció repetidamente los labios. Al cabo, rompió a reír:

—Verdaderamente este cascote no es muy explícito —dijo—. No dudo que hablará como un palimpsesto pero yo no le entiendo una palabra.

Se lo pasó a Cristino, quien lo examinó morosamente, con su mirada tranquila y profunda. Dijo, al cabo de unos segundos, con laconismo profesional:

—Cerámica cocida a fuego oxidante. Influencias celtibéricas. Posiblemente el pie de una copa.

—Correcto —dijo Jero tomando el fragmento e introduciéndolo en su pequeño zurrón. Agregó—: Bien mirado, esto no añade nada a lo descubierto esta mañana.

Sobre sus cabezas, a diferentes alturas, planeaban una docena de buitres. El Fíbula los descubrió:

—No vendrán por nosotros esos cabrones.

—Son buitres —aclaró Cristino.

—Y ¿qué me quieres decir con eso?

—Que no muerden, hombre. Que no son rapaces sino carroñeros. Sólo comen carne muerta, de modo que hasta que no estires la pata puedes estar tranquilo.

El Fíbula bajó los ojos y reanudó su cancioncilla a compás del vaivén de la criba:

> —Porque tenía una mujer
> ¡Qué dolor, qué dolor!
> Dentro de un armario,
> ¡Qué dolor, qué dolor!

Ángel le interrumpió. Su rostro lampiño resplandecía.

–¡Hoy estoy de suerte! –voceó y alargaba a Jero un minúsculo objeto, rebozado de tierra, que éste limpió meticulosamente con los dedos antes de examinarlo.

–El extremo de un brazalete –dijo, enarcando las cejas. Aguardó a que los muchachos se agrupasen en torno suyo antes de proseguir–: Fijaos en la decoración troquelada. Como en tantas otras joyas celtibéricas trata de representar la cabeza de un ofidio.

El montón de tierra cribada era ya mayor que el de tierra sin cribar y los muchachos, como infatigables buscadores de oro, proseguían tenazmente su labor. De vez en cuando se detenían para coger alguna broza o pedazo de cerámica, atrapados en los cedazos y mostrárselo a Jero. El sol declinaba y los turgentes caballones de la ladera de enfrente resaltaban con la última luz, mientras las faldas de los farallones iban sumiéndose en la penumbra, una penumbra dramática, humeda y fría. En las cumbres, los robles, graves e hirsutos, se recortaban a contraluz como una cenefa negra. De súbito, una voz carrasposa, próxima, colérica, les sobresaltó. Los cuatro muchachos levantaron simultáneamente sus cabezas. A treinta metros de distancia, sobre un pedestal de roca que emergía del robledal, un hombre atezado, tocado de boina, un morral en bandolera, agitaba una cayada en el aire y voceaba:

–¿Es que no visteis los letreros; ¡me cago en sos!

–Y, ¡a ti qué coños te importa! –replicó rápido el Fíbula.

El hombre de la cayada se encrespó. Pateó la roca rabiosamente, como un poseso, enarboló la garrota de nuevo, con aire conminador y bramó:

–¡Las vais a pagar, todas juntas, cacho cabrones, por venir a robar la mina!

El Fíbula miró a Jero.

–¿Le damos de leches, jefe?

Jero le disuadió:

–Quieto, hombre. Seguid cribando como si tal cosa. Ni le miréis siquiera. Es un pobre lunático.

Los cuatro simularon abstraerse en su quehacer, pero cuanto mayor era su desatención, más acrecía la irritación del hombre. De manera imprevista, una cabra apareció en el cortafuegos, a veinte metros de la cata, y, casi al instante, una piedra silbó entre los chaparros y fue a golpear en el suelo, junto a las patas del animal. La cabra dio un brinco y desapareció en la espesura, en dirección al hombre. Ángel musitó:

–Joder, machos. A ver si nos descalabra este tipo.

–¡Quietos, ni le miréis! –repitió Jero entre dientes, con reprimida energía.

El cabrero voceaba incoherencias e improperios y, finalmente, aburrido por la falta de réplica, hizo bocina con las manos y gritó:

–¡Mañana colgaremos de la nogala a don Lino y a la Pelaya! ¿Me habéis oído? ¡Y si no dejáis quieta la mina, detrás iréis vosotros! ¡Ya estáis avisados!

El Fíbula miró hacia él, de soslayo, y le vio apearse del pedestal; durante un rato, le oyó silbar al ganado y mascullar palabrotas entre la greñura y, finalmente, tornó el silencio. El sol se ocultaba tras el cordal y una brisa fría empezó a batir del norte. Jero decidió aplazar la tarea:

–Recogedlo todo –advirtió–. Tal como se están poniendo las cosas lo prudente es no dejar nada. Mañana sin falta haremos la planimetría.

61

Mientras caminaban hacia el coche, cargados con los trebejos, el Fíbula, rezongando, continuaba mirando, por encima de los chaparros, el lugar donde desapareciera el cabrero. Ya en el coche, Cristino, que hasta ese momento había permanecido en silencio, preguntó a Jero:

—¿De dónde habrá salido ese psicópata?

Jero se dobló sobre el volante, chascó la lengua:

—Si no me equivoco —dijo— ése es el cabrero que informó al pueblo del hallazgo de don Lino. Su actitud es comprensible. No parece hombre de muchos alcances y entre todos le habrán levantado los cascos.

La noche había caído casi de repente y en las casas de la Plaza empezaban a encenderse las primeras luces. Rebasado el pueblo, Jero, a pesar de la angostura y sinuosidad de la carretera, aceleró el coche y, en poco más de un cuarto de hora, recorrió el trayecto que le separaba de Covillas. Aparcó frente a la cabina telefónica:

—Iros duchando y que la señora Nieves prepare la cena —dijo a sus ayudantes—. Yo voy a hacer antes una llamada.

Ángel y el Fíbula cambiaron una mirada de entendimiento, mientras Jero, a través de los cristales de la cabina, les veía alejarse cansinamente. Alguien descolgó al otro extremo del hilo. Suavizó la voz:

—¿Gaga?... Jero, claro... Aquí me tienes, como de costumbre... Con el equipo de costumbre, sí... Por supuesto, es algo nuevo en mi vida profesional... Con un poco de suerte puede armar ruido... Sí que es raro que la Arqueología sea protagonista, pero por una vez me parece que va a serlo. Ya, ya me di cuenta de que habías salido... Me alegro de que lo pasaras bien... ¿Con Pila?... ¡Estupendo!... No, claro, no puedo prometértelo... Es mi

vida, Gaga, métetelo en la cabeza... Te guste o no te guste tendrás que compartirla, a no ser... Bueno, eso que
me ofreces no es una alternativa, Gaga, es ni más ni menos un suicidio profesional... ¿Dejarlo? ¿Qué dices?...
Pero, ¿lo has pensado seriamente o es una pataleta?...
Oye, ¿por qué no cambiamos de tema? No es asunto
para tratarlo por teléfono. Ya hablaremos de ello cuando regrese... Pero, ¿qué mosca te ha picado...? Ya sé que
todas las cosas tienen un límite, pero nunca pude imagi-
nar que salieras ahora por este registro... Desde luego,
yo no voy a oponerme... No tengo derecho, ya lo sé...
Pero, por favor, no me vocees, ya sabes que me molesta
que me voceen... Si vuelves a decir otra tontería te cuelgo el teléfono... Está bien, Gaga, haz lo que te dé la
gana... ¡Vete a paseo!

Jero, despechado, colgó el auricular y se quedó un
momento pensativo, acariciándose la barbilla y mirando
al suelo de la cabina. Luego, descorrió distraídamente la
puerta, salió, metió las manos en los bolsillos, encogió
dos veces los hombros y atravesó la Plaza camino de la
pensión.

6

Enmarcada por el hueco de la puerta del corral, la señora Olimpia amusgó los ojos y le miró fija, obstinadamente, como si se esforzase en identificar a un desconocido:

—¿Como ayer? —repitió incrédula.

—Claro —dijo Jero—, lo mismo, ¿por qué le extraña? Naturalmente, puede usted cambiar el menú si le apetece;
lo que quiero decirla es que bajaremos a comer a la misma hora.

La señora Olimpia empujó con la cadera la puerta del
corral, por donde se trascolaban cálidas tufaradas de
gallinaza y estiércol y negó mansamente con la cabeza:

—Me parece a mí que hoy no van ustedes a trabajar en
el castro —dijo.

Jero parpadeó dos o tres veces como si se resistiera a
creer lo que oía. Tras él, como buscando protección, se
apiñaban Cristino, Ángel y el Fíbula:

—¿Quién ha dicho eso?

—Los hombres.

—Pero, ¿qué hombres?

—¿Qué hombres habían de ser?: Los del pueblo. Mire,
yo en este negocio no entro ni salgo, pero ellos porfían
que la mina es suya y que ustedes aquí no pintan nada,
de modo que ya lo saben.

Jero se esforzó en sonreír:

—¿Cuándo dijeron eso?

—Anoche, en el bar, todos a una. Así que lo mejor que
pueden hacer ustedes es marcharse. El vecindario anda
muy revuelto y podría ocurrir una desgracia.

Jero adelantó su mano derecha y posó dos dedos suavemente sobre el hombro de la señora Olimpia:

–Usted tranquila, señora. Nosotros hemos venido aquí a trabajar. No pretendemos quitarle nada a nadie.

La señora Olimpia unió las manos en actitud implorante:

–Váyanse; háganme caso. El Papo ha jurado por sus muertos que, sin permiso del pueblo, la mina no la toca nadie. Y el Papo es muy testarrón, ustedes no le conocen.

–¿Es el Papo el cojo ese de la muleta?

–El cojo es, talmente, sí señor.

–¿El gordo? ¿El de la pata de palo?

–Ése.

Jero depositó dos billetes sobre la mesacamilla:

–Gracias por la información –dijo–, pero, de todos modos, disponga la comida para las dos; igual que ayer. Ya arreglaremos nosotros este pleito.

Tras los visillos de las ventanas, se advertían furtivas miradas inamistosas y en los soportales de la Plaza, una hilera de viejos sentados en el poyete, recostados en las cachavas, les observaban con sorna. El último de la fila escupió ostentosamente al paso de Ángel. Dijo Cristino, abriendo la portezuela:

–Esto va a acabar como el rosario de la aurora.

Jero conectó el motor, volvió el volante y reculó:

–Ya será menos –dijo–. El Alcalde se encargará de meterlos en razón. Él sabe que venimos con todas las bendiciones. No se atreverá a enfrentarse con Madrid.

En la rampa del castro, el automóvil se apuraba, ronroneaba y antes de doblar el recodo, se caló y los muchachos hubieron de apearse para sujetarlo. Salvada la curva, apareció el nogal; del camal más bajo pendían unos bultos oscuros, y Cristino, aterrado se inclinó sobre el parabrisas.

–¡Santo Dios! –dijo estremecido–. Los han colgado.

Jero detuvo el automóvil.

–Pero si son muñecos –rió.

Bajo las ramas desnudas del árbol, dos rígidos peleles, revestidos de andrajos, se mecían con la brisa, como espantapájaros. Ángel saltó del coche y dio vuelta al primero:

–Mirad –dijo.

Entre los jirones de la chaqueta, en un papel prendido con un alfiler, decía: «Don Lino» y, en el otro muñeco, sobre el harapiento albornoz granate que le cubría, habían escrito con torpes caracteres: «La Pelalla».

Ángel miró a Jero amedrentado:

–Oye, ¿no sería mejor dejarlo? El personal anda como muy encabronado.

El Fíbula le señaló con el pulgar:

–Al Angelito no le cabe un piñón en el culo.

Jero se encogió de hombros y se metió de nuevo en el coche.

–Hala, vamos para arriba. Éstas son ideas del cabrero. Y aviados estaríamos si fuéramos a hacer caso de las amenazas de ese chalado.

El cielo continuaba despejado. Una luz frutal, madura, como de comienzos de otoño, doraba suavemente las cumbres del cordal. En el fondo de la cuenca el riachuelo se estiraba, espejeando entre las salgueras sin hoja, y una brisa muy tenue esparcía un desvaído, prematuro, olor a espliego. En las casas del barrio alto, un perro exasperado aullaba sin cesar. Jero se agachó y cogió un cedazo.

–Venga, manos a la obra –dijo acercándose al montón de tierra removida–. Primero vamos a terminar esto. Luego nos meteremos con esa dichosa estructura que no me ha dejado pegar ojo en toda la noche.

El cribado de la última tierra no deparó sorpresas. Al concluir, Jero se deslizó hasta el fondo del hoyo y Cristino le siguió, mientras Ángel y el Fíbula se aprestaban a trazar el plano del muro. De repente, el vivo repique de las campanas, abajo, les sorprendió. Cristino se mordió el labio superior antes de aclarar, con un deje de alarma:

–Tocan a rebato.

Jero echó una ojeada a su pesado reloj:

–Son las diez menos cuarto –dijo–. ¿No será a misa a lo que tocan?

Ángel, que se había adelantado hasta el borde del tozal, reclamó su atención:

–¡Venid! –chilló–. Algo pasa ahí abajo. Todo el mundo anda revuelto. ¡Mirad allí!

Jero, Cristino y el Fíbula se reunieron apresuradamente con él. En el barrio alto un tractor rojo, arrastrando un remolque cargado de hombres, con instrumentos enhiestos sobre los hombros, parecía esperar algo o a alguien. Las explosiones del motor alcanzaban nítidamente a sus oídos. En el caserío de abajo una docena de mozos, diminutos en la distancia, se movían alrededor de un Land Rover y cargaban algo en él. En la Plaza, los vecinos iban congregándose sin prisas, formando corrillos, y un hombre renqueante se desplazaba de uno a otro, como dando instrucciones. El tañido de las campanas era cada vez más frenético:

–Así tocan en mi pueblo cuando hay fuego –dijo Cristino.

Jero agachó la cabeza, sacó maquinalmente un caramelo del bolsillo de la cazadora y se lo metió en la boca.

–Mucho me temo que el fuego nada tenga que ver con esto –dijo– ¿Veis ese tipo de la pata galana que salta de grupo en grupo? Es el Papo, el cojo, ese cabrón que nos hizo un corte de mangas la otra tarde cuando vinimos con Paco.

El tractor rojo se puso en marcha, abandonó el barrio alto y cuando, segundos después, se encontró con el Land Rover en la Plaza, las campanas dejaron repentinamente de sonar. Alrededor de los vehículos se produjo un pequeño desconcierto y, finalmente, el Papo y dos docenas de hombres se distribuyeron entre el Land Rover y el remolque y el resto de los vecinos, aproximadamente una veintena, comenzaron a escalar el castro a campo través, gateando por los riscos como alimañas. Jero, en lo alto, apretó los labios y cabeceó disgustado.

–No hay duda –dijo–. Vienen a por nosotros.

Ángel se aproximó:

–Jefe, ¿por qué no cogemos cordal arriba y bajamos por la otra ladera hasta Pobladura? Todavía estamos a tiempo. Estos tipos de los pueblos son capaces de cualquier cosa; no son de fiar.

Saltó Cristino, ofendido:

–No creo que los de la ciudad reaccionaran de otra manera si creyesen que les quitan algo.

Con su bigotillo incipiente y su cara de susto, Ángel semejaba un niño desamparado.

–Pero, ¿qué les quitamos nosotros?

–Ellos lo creen y basta. Para ellos, el tesoro es del pueblo y entre nosotros y don Lino les estamos desvalijando. Desde su punto de vista, esto que estamos cometiendo es un expolio.

Los rostros y los atuendos de los escaladores se iban definiendo conforme ascendían. Algunos, más lentos o entrados en años, rodeaban las peñas y seguían, al sesgo, las trochas de las cabras, mientras los más jóvenes e intrépidos, repechaban en línea recta, aferrándose a las rocas con las uñas. Uno de ellos, muy joven, ataviado con un jersey amarillo, ascendía atléticamente, graduando su esfuerzo, como si caminara por el llano. De cuando en cuando volvía la cabeza para infundir ánimos a sus compañeros y, una vez en la cornisa de los castaños, se detuvo, dio media vuelta y levantó un brazo con un pañuelo blanco en la mano. Inmediatamente el tractor rojo y el Land Rover, estacionados en la Plaza, se pusieron en movimiento, atravesaron lentamente el pueblo y, antes de alcanzar el barrio alto, doblaron por el camino del castro que los arqueólogos utilizaban cada día.

Jero frunció instintivamente los hombros y se encaró con sus ayudantes:

–Dentro de diez minutos estarán aquí –dijo con acento sombrío–. No vamos a escapar a Pobladura, ni a movernos de donde estamos. Cuando lleguen, nos encontrarán en el hoyo, trabajando. A eso hemos venido y es lo que vamos a hacer. No quiero violencias –se dirigía ahora al Fíbula–. Óyeme bien, Salvador, no quiero violencias. Yo haré de portavoz y si algo se te ocurre me lo dirás antes a mí. De modo que ante todo, serenidad. Me jodería que esta oportunidad se malograse por no acertar a controlar los nervios.

Las mujeres que permanecían en la Plaza y otras, que a sus voces habían salido de las casas con niños al brazo

70

o de la mano, miraban a lo alto y animaban a los hombres que trepaban por los riscos, como en descubierta, precedidos por el muchacho del jersey amarillo. En el bancal de los castaños, docena y media de hombres aguardaban a los rezagados y, una vez juntos, rodearon el castro en fila india, con dirección al camino.

–Van a reunirse todos en el extremo del cortafuegos –dijo Jero–. ¡Venga, manos a la obra!

Los cuatro muchachos se congregaron en el recinto, fuera del hoyo excavado por don Lino, de forma que, desde su posición, podían observar cuanto ocurriera en el cortafuegos. Jero, con su mirada azul, velada por una melancólica tristeza, fruncía los hombros a cada paso, mientras el Fíbula juraba entre dientes y Ángel, asustado, todo ojos, miraba obsesivamente la entrada del cortafuegos de donde llegaba el monótono bordoneo de los motores. Sobre el castro planeaba de nuevo el bando de buitres del primer día. El Fíbula siguió un rato sus evoluciones arrugando el ceño:

–Mira esos cabrones a la espera –dijo por lo bajo, guiñando un ojo.

–¡Calla, coño! –saltó Ángel.

Jero se impuso:

–¡Basta! –dijo–. A trabajar.

Con el rabillo del ojo vio aparecer al Papo, encabezando el grupo, junto al muchacho del jersey amarillo, cuyos pómulos altos y pulidos, su delgadez extrema, le daban una apariencia oriental. Tras ellos, apenas a un metro de distancia, caminaba bullicioso el grueso del pelotón, blandiendo palas y dalles con decidido empeño bélico. Sobre el rumor de pasos de la guerrilla, resaltaban los golpes secos de la pata de palo del Papo al tropezar en los guijarros. Los muchachos, entregados a su trabajo, fingían no enterarse de nada, pero cuando el corro se cerró en semicírculo en torno suyo, Jero dejó cansinamente la piqueta en el suelo, y se llevó las manos a los riñones. Dijo amistosamente, fijando en el Papo su mirada resabiada:

–Buenos días tengan ustedes. ¿Ocurre algo? Oímos que las campanas tocaban a rebato.

Nadie respondió. Se abrió en torno un silencio profundo, demorado, al que la violencia represada del Papo ponía un contrapunto dramático. Su rostro imberbe, flojo, gelatinoso, con grasa hasta en los cartílagos de las orejas, se fruncía en mil pliegues en la sotabarba, desproporcionada a pesar de su corpulencia. Recostó en la muleta todo el peso de su cuerpo y, con la mano izquierda, extrajo del morral de cazador que portaba, una pera, que miró y remiró varias veces, antes de arrancarle el rabillo y clavarle en el pezón la uña negra y larga de su pulgar. Parsimoniosamente desgajó un pedazo y se lo llevó a la boca. Sus pausados ademanes denotaban el mismo regodeo que el del gato ante el ratón acosado. Dijo con la boca llena, sin dejar de contemplar la fruta rota en sus manos:

–¿Es que no sabéis leer? ¿No visteis los carteles ahí abajo? ¿Cómo hay que deciros las cosas?

Se acentuó la expresión de inocencia en la mirada de Jero.

–Pensamos que no iban por nosotros –dijo–. Nosotros hemos venido aquí con todas las de la ley. Es una excavación ordenada por Madrid.

Un pedacito de pulpa blanca de la pera se le había adherido al Papo en una mejilla, junto a la comisura de la

72

boca, y, conforme hablaba, subía y bajaba sin llegar a desprenderse. Sus convecinos, tras él, le miraban tensos, sofrenados, como aguardando que saliera de sus labios la orden de ataque. En un extremo del semicírculo, el cabrero, enjuto y renegrido bajo su boina pardusca, hacía nerviosos aspavientos. El Papo se metió en la boca otro pedazo de pera y dijo fatuamente:

—Y, ¿quién es Madrid para dar órdenes en casa ajena? Lo de Madrid será de Madrid, pero lo de Gamones es de Gamones.

Un rumor de aprobación sobrevoló el corro y una voz vigorosa, procedente de las últimas filas, chilló «¡eso es!», pero Jero, con tozudez irreductible, no se daba por vencido, seguía esgrimiendo sus razones:

—En Madrid está la Administración —dijo elevando la voz—. Ella nos ha dado permiso para excavar este castro.

—¡Los cojones! —voceó un hombre de parcheada chaqueta de pana, al tiempo que amagaba con una azada y se originaba en derredor suyo un pequeño tumulto.

El Papo observaba la escena sin inmutarse, escupió el corazón de la pera y, al hacerlo, se le desprendió de la mejilla el pedacito de pulpa. Parsimoniosamente extrajo otra del morral y, con estudiada prosopopeya, repitió, como un rito, la operación anterior, pero, como quiera que al hincar la uña del pulgar en el pezón de la fruta, escurriese entre sus dedos amorcillados un reguerillo de zumo, se lamió golosamente la mano antes de hablar:

—Y, ¿quién te ha dado a ti ese permiso, si no es mala pregunta? —dijo, al fin.

—El Ministro de Cultura.

—Y, ¿quién es el Ministro de Cultura para meter las narices en nuestros asuntos? Esta mina, óyeme bien, es del

73

pueblo y, sin autorización del pueblo, aquí no escarba ni Dios.

Un alborotado griterío acogió sus últimas palabras. Las palas, azadas y dalles zaleaban sobre las cabezas del corro y una voz fosca, destemplada, chilló: «¡Papo, basta de contemplaciones!», pero el mozo del jersey amarillo, vuelto de espaldas a los arqueólogos, se multiplicaba por aplacar a los exaltados y poner orden allí. Cuando se restableció el silencio, el Papo adoptó un tono especulativo para dirigirse a Jero:

—Esta tierra que pisamos es de Gamones, ¿no es cierto, chaval? —Jero, amilanado, asintió sin palabras. El Papo prosiguió—: Pues si tú mismo reconoces que esta tierra es de Gamones, ¿por qué regla de tres hemos de aguantar que un vecino de Pobladura y cuatro pelagatos de Madrid vengan a robarnos lo que es nuestro?

Jero elevó la voz para dominar el rumor de protesta que volvía a alzarse del grupo:

—Un momento —gritó, buscando la fibra sensible de su auditorio—. Cuando don Virgilio, que gloria haya, descubrió este castro...

El Papo le cortó airado:

—No me mientes al difunto Coronel, chaval: no me lo mientes. No me busques la boca. El Coronel y la Pelaya, la Pelaya y el Coronel, son los responsables de este cirio aunque don Lino sea el ladrón. Y una cosa te digo: si don Lino no se lleva a la Pelaya a Valladolid, a estas horas estarían los dos ahí abajo, colgados de la nogala, ¿qué te parece?

Un hombre albino, insólito en aquel concierto de boinas negras y rostros atezados, enarboló una horca al tiempo que gritaba: «¡Ya está bien, Papo, vamos a colgarlos!». Inmediatamente, el castro se llenó de dicterios e imprecaciones. Unos a otros se incitaban, se acicateaban y el mozo del jersey amarillo se las veía y se las deseaba para apaciguarlos. Por último, el Papo, satisfecho de haber logrado la temperatura adecuada, levantó la muleta reclamando silencio y dijo altivamente:

–Así que ya lo sabéis. El pueblo es el amo de la mina, de modo que coger el dos y largaros. Nosotros diremos cómo se ha de explotar y a quién hay que contratar.

Aún apuntó Jero tímidamente antes de que el pueblo se encabritase:

–Tenga usted en cuenta que éste es un trabajo de especialistas...

Mas el hombre de pelo albino, casi blanco, envalentonado con su intervención anterior, se abrió paso a codazos hasta la primera fila, señaló con un dedo mugriento los aperos y el montón de tierra removida y exclamó:

–¡Pues vaya unos especialistas de los cojones, si ni siquiera saben manejar la herramienta!

Sonó una carcajada general, entreverada de gritos y pullas soeces. Los ojos azules de Jero reflejaban una infinita melancolía. Se volvió a sus ayudantes y dijo: «Recoged las cosas. De momento nos vamos». Al verlos amontonar los utensilios el Papo se ensañó:

–Y decir en Madrid que aquí no escarba nadie como no venga la Reina.

El hombre albino, vuelto hacia sus convecinos, amagó a un lado y otro con la horca, se empinó sobre las puntas de los pies y gritó con toda su alma:

–¡Qué hostias! ¡Ni aunque venga la Reina!

De nuevo los hombres le corearon. La capitulación sin resistencia de los arqueólogos era una victoria tan inesperada y excitante que hasta los más retraídos y tímidos les hacían ahora objeto de sus sarcasmos mientras recogían los bártulos. Cristino ladeaba la cabeza, aterrado ante el cerco de miradas insidiosas, pero el hombre del pelo blanco reparó en su rostro enfermo y chilló regocijado.

–¡Mira el pilongo ese, tiene la piel oreada como los chorizos!

Rió el coro a carcajadas. El Fíbula hizo ademán de lanzarse hacia él.

–¡Quieto! –exigió Jero.

El hombre albino arrojó la horca al suelo, flexionó la cintura y miró al Fíbula, de través, los brazos despegados del cuerpo, los dedos abiertos como garras.

–Ven si tienes cojones, cacho sarnoso –invitó.

Pero Jero contenía al Fíbula por un hombro y Cristino, con los ojos brillantes, volvía a apilar los enseres y, cuando concluyó, señaló con el mentón las cuerdas que delimitaban la cata y Jero, pendiente de cada uno de sus movimientos, dijo a media voz:

–Déjalas. No creo que estorben a nadie.

Mas el cabrero, que desde que comenzó la acción se mantenía ojo avizor, celoso, sin duda, del protagonismo del hombre albino, se plantó en dos trancos al borde de la cata voceando como un energúmeno:

–¡Fuera! ¡Fuera!

De un puntapié hizo saltar la primera estaca.

–¡Fuera, todo! –repitió–; la mina es del pueblo, el Papo lo ha dicho.

Daba vueltas al hoyo, como un poseso, propinando patadas a las estacas, en tanto el vecindario le jaleaba, alborozado, con gritos y palmas. Jero reprimió un impulso de indignación. Dijo con fingida firmeza:

–¿A quién perjudicaban estas cuerdas?

Un abucheo ensordecedor le respondió, abucheo que subió de punto cuando los arqueólogos, cargados con sus aperos, fueron desfilando, de uno en uno, por el estrecho pasillo que les abrían, burlones, los hombres del pueblo. Uno de ellos, decepcionado por el pacífico final del lance, atravesó el palo de su azada al paso de Ángel y éste trompicó, perdió el equilibrio y cayó. Las risotadas arreciaron cuando el muchacho se arrodilló pacientemente y recogió, sin una protesta, los útiles desparramados y, en una recelosa espantada, se incorporó a su grupo.

Aún se oyó la voz aflautada y nerviosa del cabrero cuando desaparecían por el extremo del cortafuegos:

–¡Y no volváis por aquí, jodíos, porque, como hay Dios, que os colgaremos!

Al subir al automóvil, Jero parecía afligido por una súbita desgracia. No mostraba irritación, sino un hondo abatimiento. Maquinalmente metió en la boca un caramelo, puso el coche en marcha y, al rebasar la nogala con los monigotes colgados, frunció los hombros y dijo:

–Jamás en la vida pasé un rato semejante. Lo mires por donde lo mires, esto ha sido una humillación.

Cristino enarcó las cejas:

–Como todo en el país, esto es un problema de escuelas.

El Fíbula, refrenado demasiado tiempo, saltó:

—Yo diría mejor de mala leche. Pero te juro por Dios que si un día agarro a solas al rubio ese de los cojones le voy a reventar los huevos como me llamo Salvador.

Al salir a la carretera, Cristino preguntó a Jero:

–Y, ¿qué vamos a hacer ahora?

—¿Tú qué crees? De entrada, digo yo, ver al Alcalde y echarlos a reñir. Poner al cojo ese en un brete. Seguir luchando. Cualquier cosa antes que permitir que esa partida de facinerosos se salga con la suya.

Pero, en el Ayuntamiento, no había nadie, excepto el alguacil, un sexagenario con un esparadrapo sobre la nariz que daba de comer a un perro. Él no sabía nada. Ignoraba dónde estaba el vecindario. En cuanto al Alcalde, como todos los miércoles, había salido muy de mañana del pueblo a por madera y que si querían hablar con él regresaran por la noche.

Jero miró fijamente a los ojos al alguacil hasta que éste, azorado, parpadeó y acabó humillándolos. Después sacó del bolsillo su viejo reloj y dijo a sus compañeros:

—Las once y media, buena hora para encontrar a Paco en el despacho. Andando, vámonos a Covillas, no podemos perder más tiempo.

Se volvió hacia el hombre del esparadrapo y añadió:

—Muchas gracias. A la tarde volveremos.

7

Recostados en el capó del automóvil, los tres muchachos veían hacer a Jero, dentro de la jaula encristalada de la cabina. Jero marcó el número por segunda vez y, cuando oyó la llamada, encogió automáticamente los hombros, se tapó el oído izquierdo con un dedo y apretó aún más el derecho contra el auricular:

–¿El Subdirector General, por favor...? –esperó un rato–. ¿Eres tú, Paco?, Jero, sí... Tranquilo, nada grave, pero las cosas se han complicado un poco... No... No... El pueblo... El vecindario se ha presentado esta mañana en el castro en son de guerra y hemos tenido que levantar el campo... Sí, claro. Amenazaban con colgarnos y ten por seguro que si no cedemos, lo hubieran hecho... Lamentable, desde luego. Todo lo que te diga es poco. En la vida he sufrido una humillación semejante... Lo demás, bien. Yo temía los prontos de los chicos, del Fíbula sobre todo, pero he conseguido sujetarle... ¿El Alcalde? Bueno. Reticente y tal pero no puso pegas. Luego se ausentó, claro. He ido a verle después del episodio y se había largado del pueblo... Todos a la uva, conchabados, eso es indudable. El cabecilla es un cojo atravesado... ¡El mismo! El del corte de mangas, efectivamente... No, por supuesto, esto no podemos dejarlo así. Por eso te llamo. La excavación está a punto de caramelo, en un momento decisivo. Ya te contaré despacio... ¿Al Delegado Provincial? ¿A Carlitos Peña?... Mucho, hombre, cómo no le voy a conocer... No me parece mal... No te preocupes, son veinte minutos y no tenemos mejor cosa que hacer... En seguida, claro, ahora mismo... Por mí, no, pero me inquieta lo que pueda hacer en el castro esa partida de indocumentados... No, por ahora no hace falta. Si fuera necesario, te lo haría saber... ¿Eh? ¿Gaga?... Deja tranquila a Gaga; ése es asunto resuelto... Sí, sí, agradezco tu intercesión, pero no hay nada que hacer... Ya hablaremos de todo... De acuerdo... Otro para ti.

Dobló la articulada portezuela de la cabina y los tres muchachos se adelantaron hacia él.

–¿Qué?

–Paco opina que debemos informar al Delegado del Ministerio.

–¿Ahora? –preguntó Cristino.

–Cuanto antes. Después de todo son treinta kilómetros. Así matamos el rato.

Ángel, pegado a la ventanilla, veía desfilar los árboles en silencio. En un momento en que Cristino volvió la cabeza, el Fíbula, desde el otro asiento trasero, le señaló con el mentón.

–Aquí, el Angelito se nos ha quedado sin habla; se nos ha cagado el hombre.

Ángel se enderezó y su rostro aniñado se animó un poco.

–He pasado más miedo que vergüenza, lo reconozco. A cada rato me decía: «Si al Jero se le ocurre levantar la voz, el cojo éste le clava la muleta en la barriga». ¡Hay que joderse con el tipo! ¿Visteis cómo comía las peras el marrano de él?

El Fíbula soltó una risotada:

–Las partía con los dedos como si fuese pan. ¿Te fijaste en la uña?

Cristino se inclinó hacia Jero:

—¿Sabes dónde está la Delegación?

Jero asintió, sonriendo. Después de hablar con el Subdirector General daba la impresión de haberse descargado de un peso:

—En la Plaza del Mercado, junto a San Andrés. No te preocupes que no me pierdo. Tengo muy pateado esto.

El Fíbula volvió a su tema:

—¡Anda y que no me gustaría nada encontrarme en un descampado, mano a mano con el rubio! —movió de un lado a otro la cabeza—. O con el mismo cabrero si me apuras. ¿Visteis con qué mala leche levantó las estacas el maricón de él?

—Eso ha sido lo que peor me ha sentado —reconoció Jero.

—Y, luego, la mina, venga a hablar de la mina. ¿Qué coños pensarán esos tíos que es un hallazgo arqueológico? Hablaban de la mina como si se tratase de Hunosa, ¡hay que joderse!

Terció Cristino:

—Tampoco les juzgues con tanto rigor. Es gente sin instrucción, sin recursos. Viven en una economía de subsistencia. Nunca cogieron nada que antes no hubieran sembrado. Y para una vez que se presenta la ocasión, zas, llega un listo y se lo birla.

Jero asintió:

—Verdaderamente —dijo—. Pero, ¿por qué ese empeño en mezclar a don Virgilio en el asunto? El pobre Coronel lleva más de dos años bajo tierra, ¿qué demonios tendrá que ver él con el tesoro?

Relajado, después de la tensión de las últimas horas, el Fíbula imprimía a todos sus comentarios un aire festivo.

81

–Según ellos se entendía con la Pelaya; estaba liado con la Pelaya el tío.

Jero movió dos veces los hombros.

–¡Había que conocer a la Pelaya! –rió–. La Pelaya cocinó para el Coronel mientras estuvo en Gamones, pero de eso a meterse en la cama con ella hay distancia. Tenía demasiada clase don Virgilio para incurrir en semejante vulgaridad. Además, ¿en qué cabeza cabe que conociendo la existencia del tesoro únicamente se lo revelara a esa mujer? Cualquiera que haya conocido la pasión arqueológica del Coronel no puede admitir eso. Es literalmente absurdo.

Al coronar un cambio de rasante apareció la pequeña ciudad, a lo lejos, en torno al río. Jero franqueó un puente y se adentró en el dédalo de calles sin vacilaciones. Se detuvo en dos semáforos, recorrió una amplia avenida y abocó a la Plaza del Mercado. Estacionó el coche en el aparcamiento de la Delegación. Aún con las llaves en la mano se reunió con sus ayudantes:

–Podéis tomaros unas copas por ahí y a las dos en punto en el Progreso. El otro día, Santi, nos echó bien de comer. Si os parece podemos repetir; el Delegado no creo que me entretenga.

Desdeñó el ascensor y subió los escalones de dos en dos. Entró sin llamar conforme invitaba el letrero de la puerta:

–¿Don Carlos?

Una señorita de edad le pasó a un recibidor pero, antes de que llegara a sentarse, se abrieron las puertas correderas y apareció el rostro aplaciente y sonrosado de Carlitos Peña:

–Perdona, majo, perdona –dijo y le palmeó efusivamente la espalda–. Aunque sabía que te esperaba, Maite no te ha reconocido. Está ya para pocos trotes esta mujer. Pero, siéntate, cuenta. Hace unos minutos me llamó el Subdirector General. Parecía contrariado, pero no quiso anticiparme nada –tornó a palmearle la espalda y le hizo sentarse frente a él, la mesa cargada de papelotes por medio. Sonreía y, al sonreír, mostraba un diente de oro y le raleaba el rubio bigote. Todo era pulcro y regular en él: las cejas, la frente, la nariz, las orejas, sus manos blancas y achatadas, el enorme solitario de su dedo anular, sus gafas relimpias con montura de oro... También sus ademanes y sus palabras eran pulcros y regulares, tal vez un poco excesivos, como excesivos eran su efusividad y su afán por anticiparse a sus deseos–. Habla –añadió–. ¿Qué te trae por aquí? Tú eres de la casa, Jerónimo, ya lo sabes. No eres aquí ningún extraño.

Jero sacó un caramelo del bolsillo y lo metió en la boca. Reparó inmediatamente en su descortesía y le alargó la bolsa de plástico por encima de la mesa:

–¿Quieres? La gente entre la que me muevo no comparte mi vicio y he perdido la buena costumbre de ofrecer.

El Delegado sonrió.

–Gracias, no soy goloso. Es un caso raro, pero a decir verdad no recuerdo haber comido caramelos ni de chiquillo. Pero, dime, majo, ¿ha ocurrido algo? El Subdirector me dijo que andabas por aquí por lo del tesoro. Buen golpe, ¿eh? Entre eso y tu carta arqueológica vais a hacer más famosa a la provincia que la Atenas de Pericles.

Jero frunció nerviosamente los hombros y comenzó

su relato. A medida que avanzaba, el rostro pigre, sonrosado, del Delegado se iba ensombreciendo y el bigotillo se encogía y espesaba. Su blanca mano, de cortos dedos y uñas impolutas, tomó de la escribanía un paquete de cigarrillos egipcios y tras ofrecer formulariamente a Jero, encendió el suyo con un mechero de oro. Expulsaba el humo recostando la nuca en el respaldo del sillón, con lentitud, en pausadas volutas, los ojos entrecerrados, pendiente de los labios de Jero. Cuando éste concluyó, se acodó en la mesa y adoptó una actitud de honda preocupación:

–Pero esto que me cuentas es un motín en toda regla, majo.

–Tampoco dramatices demasiado. Los tipos esos están quemados y es comprensible. Ten en cuenta que el descubridor es de Pobladura, o sea, hablando en su lenguaje, un forastero. Al oponerse a la excavación creen defender lo suyo.

El Delegado denegó enérgicamente con su rizada cabeza:

–No trates de echarlo a barato. Un motín nunca es disculpable, Jerónimo; lo siento. Un motín es un motín. No debemos tomar frívolamente algo tan grave.

–Tampoco te pongas así.

El Delegado se quitó las gafas, se frotó los ojos con los nudillos y levantó el dedo del solitario en ademán admonitorio:

–Siento tener que decir esto, Jerónimo, pero, desgraciadamente, este país no está maduro para la democracia –se colocó las gafas después de limpiar un cristal con el pañuelo, descolgó el teléfono de mesa y aplastó el cigarrillo contra un cenicero de vidrio–. En casos así hay

84

que actuar pronto y con energía, de otra manera corres el riesgo de que te coman por un pie.

Miró a lo alto, hacia la lámpara.

–Con el Gobierno Civil, por favor... Gracias –esperó. Repentinamente se le animó el semblante–. ¿Eres tú, Juanma? Sí, el mismo, a tus órdenes. Oye, perdona que te moleste. Tengo aquí, en mi despacho, a Jerónimo Otero, profesor de la Universidad de Madrid... Exacto. El de la Carta Arqueológica de la provincia. Bueno, pues este señor ha tenido un incidente desagradable en Gamones. ¿Conoces el asunto del tesoro?... Tanto mejor, Juanma, me ahorras explicaciones... Bien, Jerónimo ha ido allí, enviado por Madrid, para completar la excavación, ¿comprendes?, y el pueblo se le ha revuelto, literalmente se le ha echado encima... Un motín, eso mismo digo yo... ¿Violencia? ¡Toda! Picos, horcas, dalles, lo que quieras... No sé. Por eso te llamo... ¿Tú crees?... No sería mejor de entrada la vía diplomática... Espera, está aquí el interesado, voy a consultarle...

Taponó el teléfono con la mano y sonrió a Jero en abierta complicidad. Dijo a media voz:

–Juanma sugiere que subáis esta tarde al castro con una sección de la Guardia Civil. Os protegerían mientras dure la excavación.

Jero negó resueltamente con la cabeza.

–De ninguna manera. Eso sería desorbitar las cosas.

El Delegado retiró la mano y apoyó la cabeza contra el auricular. De nuevo elevó el tono:

–Lo considera excesivo, Juanma... Sí... Tal vez sea preferible lo otro; tal vez sea más prudente... ¿Conmigo?... Lo que tú dispongas, Juanma, ya sabes que por mí no hay problemas... Por eso te digo. Ya sabes que no soy de los que escurren el bulto. Incluso, aunque me esté mal el decirlo, no se me dan mal este tipo de comisiones... ¿Esta noche? De acuerdo... En lo otro no quiero meterme; no es de mi incumbencia; es asunto tuyo... De entrada no me parece mal. Ya sabes que comparto contigo la preocupación por la seguridad personal... Por supuesto... Ya sabes que lo que tú ordenes me parece bien. Correcto... Te tendré informado... Hasta luego, Juanma y gracias por todo... Un abrazo y a tus órdenes.

Sonreía distendidamente al colgar el aparato.

—Todo resuelto —dijo—. Este Juanma es un águila. Da gusto trabajar con él.

Jero le miró alarmado.

—No será con la Guardia Civil.

El Delegado levantó sus dos manos chatas, inmaculadas, ornadas por el gran solitario:

—Tranquilo. Esta noche, a las ocho, tú y yo tendremos un «tête à tête» en Gamones con el Ayuntamiento en pleno. Yo hubiera preferido a media tarde, pero Juanma dice, y no le falta razón, que hasta la noche no resulta fácil reunir a esa gente.

Jero desconfiaba:

—Bue... no y, ¿dónde quedamos?

—¿Dónde paráis?

—En Covillas, en la Pensión Ramos.

El Delegado se sujetó la frente con la mano como si reflexionase:

—Aguarda un momento; no nos precipitemos. Juanma citará al alcalde, mejor dicho al Ayuntamiento, para las ocho, y a esa hora estaremos nosotros allí... si antes no hubiera contraorden.

La frente de Jero se pobló de arrugas.

—¿Contraorden?

—Atiende una cosa, majo. Nosotros estamos citados en Gamones a las ocho, pero sólo acudiremos en el caso de que... «el detector de tensiones» nos dé vía libre. En caso contrario, aguardaremos órdenes de arriba. Esto es lo convenido.

—¿El detector de tensiones? No sé de qué me estás hablando.

El Delegado unió las manos como si rezara y bajó la cabeza para mirarle a los ojos desde más cerca:

—Juanma destacará previamente una sección de la social —dijo como sin darle importancia.

Jero frunció el ceño.

—¿Policía?

—Escucha, majo. Esos hombres irán de paisano, en una furgoneta, simulando ser quinquis, vendedores ambulantes o algo por el estilo. Déjale hacer a Juanma. Es un director escénico de primera. Confía en él.

Jero se acodó en la mesa y descansó la barbilla sobre las manos:

—Pero no veo el objetivo de esta guerra.

Una sabihonda sonrisa iluminó el rostro del Delegado:

—Es sencillo —dijo—. A Juanma antes que el éxito de la excavación, le interesa vuestra seguridad personal, la tuya y la de tus hombres. Antepone el Orden a la Arqueología, para que me entiendas. Después de todo, hace bien; es su oficio. De otro lado, este pequeño destacamento tiene, digamos, algo así como una misión de espionaje...

Jero meneó la cabeza impaciente. El Delegado le atajó:

—Por favor, déjame hablar. Tal como me dices que están las cosas, esto podría degenerar en un enfrentamiento y, si me apuras, en sangre. Conozco a esta gente, majo, en consecuencia, lo prudente es medir «el grado de tensión» antes de determinar nuestra actuación posterior. Ésa es la misión de avanzadilla de que te hablo.

Sonreía y entrelazaba ahora los dedos de sus manos, mientras Jero le miraba fijamente, indeciso. El Delegado separó los dedos y alzó una mano blanca y conciliadora, como dando por zanjadas sus diferencias:

—Ahora vamos con otro punto —oprimió repetidamente el timbre de mesa—. Gamones, Gamones... éste es un extremo importante.

La ojerosa secretaria asomó medio cuerpo por la puerta:

—Maite, por favor, ¿puede traerme el listín de los Ayuntamientos de la provincia?

—¿Se refiere a la guía telefónica, don Carlos?

—¡Maite, por Dios! La guía telefónica es una cosa y el listín de la composición de los Ayuntamientos, otra, ¿no? —sonreía a duras penas.

Instantes después, Maite depositaba sobre la mesa del Delegado un mamotreto de cubiertas azules con cantoneras de hule. El Delegado lo abrió y buscó la letra G.

—Galosancho... Gallosa... Gámara... —murmuraba entre dientes mientras pasaba las páginas—. ¡Gamones, helo aquí! —su pulcra uña achatada recorría la nómina y, finalmente, sin alterar su postura, se mordió el labio superior y levantó los ojos hacia Jero—: La jodimos —dijo apagadamente—. Todos del PSOE.

Jero encogió los hombros de golpe:

—Y, ¿eso qué importa? Ésta no es una cuestión política; no tiene nada que ver con la política.

El Delegado movió la cabeza en forma circular:

–Tú vives en tu limbo, majo, y no te lo reprocho, pero, perdona que te diga, que no conoces el mundo que te rodea. Hoy la política lo inunda todo. En este país no hay nada ajeno a la política. Todo es política. Y siendo esto así, ten por seguro que, en este caso concreto, mejor nos hubiera ido con los Ucedeos o con la misma Alianza.

–En todo caso, no creo que sea decisivo.

–¡Oh, por supuesto que no! Me sobran agallas para lidiar este toro y otros más difíciles. No me asustan, majo. Y no vayas a pensar por lo que te he dicho que yo sea de los nostálgicos, pero de una cosa estoy convencido: este lamentable episodio no hubiera ocurrido en vida de don Francisco.

Jero se incorporó y tendió la mano al Delegado, quien, al verle de pie, rodeó la mesa, se la estrechó, y le pasó el brazo izquierdo por los hombros.

–Entonces, en principio, quedamos en Covillas a las siete y media. En la cafetería Alaska, ¿te parece?

–De acuerdo.

El Delegado abrió su más esplendorosa sonrisa:

–Y en el caso de que el «detector de tensiones» aconsejara aplazar la entrevista, te dejaría recado telefónico en la Pensión Ramos una hora antes. ¿Entendido?

–Vale –dijo Jero.

Le acompañó hasta el descansillo y, una vez allí, le palmeó sonoramente la espalda y, luego, le tomó suavemente por la cintura.

–Ya sabes que para mí siempre es una fiesta verte por aquí, majo. ¿No llamas al ascensor? Como quieras. Tal vez tengas razón. Tal vez nos vendría mejor a todos hacer un poco de ejercicio –franqueó el dintel y levantó la mano–. Hasta la noche. Chao.

8

El pequeño grupo se desplazaba arriba y abajo, al amparo de los soportales, por delante de la cristalera iluminada de la cafetería Alaska. Hacía frío. Un crudo y arrecido viento del norte les hacía caminar encorvados, las manos ocultas en los bolsillos, levantadas las solapas de cazadoras y tabardos. En una de las vueltas, Jero se detuvo ante la cristalera iluminada y pateó el suelo con impaciencia, y alzó los ojos hasta el reloj del Ayuntamiento, al otro lado de la Plaza:

—Menos diez —dijo—. También jodería que este tipo me la jugara.

Cristino se le acercó tímidamente:

—Oye, y si las cosas se arreglan, ¿piensas excavar mañana?

Jero sacó las manos de los bolsillos y las frotó ásperamente una con otra:

—Por supuesto, de eso se trata. Hay que liquidar este asunto cuanto antes. Como tarde, el viernes por la noche yo quisiera estar en Madrid.

Inopinadamente el Fíbula propinó un manotazo en la espalda encogida de Ángel.

—Anima esa cara, macho. Pareces un funeral. Ahora, en cuanto el jefe se largue, nos vamos los tres al «pub» Adrián y ahí nos las den todas. ¡Menuda noche! Te juro por Dios que ese espectáculo no me lo pierdo.

Jero metió nuevamente las manos en los bolsillos y se volvió hacia la puerta:

–Hace un frío que pela –dijo–, ¿por qué no esperamos dentro?

Cristino le contuvo con un suave ademán, mientras miraba atentamente al centro de la Plaza:

–Aguarda –dijo.

Un coche con las luces de posición encendidas, se deslizaba, pausada, silenciosamente, hacia ellos y se detuvo a pocos metros, junto a la línea blanca de la explanada. Del asiento delantero descendió un chófer uniformado que abrió respetuosamente la puerta de atrás. Jero emitió un tenue silbido.

–¡Coño, un Mercedes! No me digáis que es el Delegado.

El Delegado, embutido en un entallado abrigo gris marengo, se apeaba en ese instante del coche y avanzó resueltamente hacia Jero, sonriendo:

–¿Qué tal desde esta mañana? –indicó al resto del grupo–. Supongo que éstos serán tus hombres. ¿Cómo estáis, majos? –estrechó, una a una, las manos con efusión desmedida e, inmediatamente, se consideró en el deber de justificarse–. Naturalmente este coche no es mío –rió–, pero ¡sépase quién es Calleja! Uno se presenta ante un paleto en un 132 y se guasea, pero delante de un Mercedes tiembla. A esta gente me la conozco como si la hubiese parido –tomó ligeramente a Jero por el brazo–. ¿Qué, vamos?

–Cuando quieras. Estoy a tu disposición.

El chófer uniformado les sostenía la portezuela ante las miradas socarronas de Ángel y el Fíbula. Apenas arrancaron, el Delegado se disculpó:

–Perdona el retraso –dijo–. Juanma me ha entretenido más de la cuenta con los dichosos informes.

Jero hizo ademán de hablar pero el Delegado le contuvo:

—Tranquilo —añadió—. El «detector» asegura que la paz reina en Gamones; todo está en orden. Una vez que os han largado, aquello ha quedado como una balsa de aceite —cambió de tono—. De todas formas no vamos mal de tiempo. ¿Tienes buena hora?

Jero trató de aprovechar el tenue resplandor del salpicadero para mirar el reloj, pero el Delegado, que advirtió sus dificultades, exclamó:

—¡Oh, perdona, majo! —levantó la mano por encima de su cabeza y dio la luz del interior del coche.

—Las ocho y cinco —dijo Jero.

—Vale —apagó la luz—. Antes de la media estaremos allí —señaló con el mentón el cogote del chófer—. David conduce de maravilla. Indudablemente corre, puesto que saca buenas medias, pero aquí dentro ni se nota. Estos coches grandes tienen una estabilidad increíble.

—Ya —dijo Jero.

El Delegado soltó una risita velada en la oscuridad.

—En todo caso —añadió— el retraso es un inteligente recurso diplomático. Acuérdate del plantón de don Francisco en Hendaya. Dicen que el Führer perdió los nervios —rió con gesto admirativo—. Tal vez gracias a ello podamos estar ahora aquí tú y yo hablando tranquilamente.

—Tal vez —dijo Jero.

—Por lo demás no creo que encontremos dificultades. Claro que hubiese preferido otro ayuntamiento, pero no siempre puede uno elegir el toro. Después de todo, otros más difíciles he lidiado —rió de nuevo veladamente—. A Dios gracias, experiencia no me falta.

–¿Tanto tiempo llevas en el cargo?

–No es eso, majo, pero de todos modos eché los dientes en Información y Turismo, no lo olvides. Ahora, cuando te digo que sé cómo lidiar a esa gente, no me refiero tanto a mi experiencia como a que sé de qué pie cojean; conozco sus tretas y sus tabúes. Ten en cuenta que soy de pueblo y aquí donde me ves, he arado más que ellos, he segado más que ellos, he trillado más que ellos, sé del campo tanto como ellos. En una palabra, soy perro viejo; sé cómo metérmelos en el bolsillo.

Entre los desnudos ramajes de los árboles parpadeó una lucecita mortecina.

–Gamones –dijo Jero con cierta inquietud.

El pueblo parecía dormido. A la glauca, débil, luz, de las lamparitas de veinte vatios, repartidas por las esquinas, se veían trancadas puertas y ventanas. Un gato negro, que pretendía cruzar la calzada, desistió en última instancia, y desapareció de un salto tras una tapia de piedras. También la Plaza estaba desierta a excepción de un hombre joven, de complexión atlética, enfundado en una cazadora de cuero negro, indolentemente acodado sobre la capota del turismo azul estacionado ante la puerta del Ayuntamiento. En la otra acera, haciendo esquina, brillaba el friolento luminoso del bar.

–¡Pare, David! –ordenó el Delegado.

El chófer frenó y ladeó la cabeza:

–Ahí –prosiguió el Delegado–. Póngase detrás de ese coche.

Al detenerse el Mercedes, otros tres hombres, uniformados como el primero, se apearon apresuradamente del coche azul. Jero sacudió los hombros.

—¡Joder con los quinquis y el director escénico! —dijo destemplado.

El Delegado le puso una mano complaciente en la rodilla y, en tanto David les abría la portezuela, aprovechó para decir:

—Calma, majo. Ponte en situación. El jefe ha hecho lo que estima más prudente. Después de todo, cumple con su deber. Sería ingrato por tu parte ponerle bolas ahora.

El frío arreciaba. El viento se encajonaba, rastrero, en el valle y barría ásperamente el pueblo de norte a sur. El hombre de la cazadora negra, que se apoyaba en el coche, se llegó hasta el Delegado y se cuadró ante él:

—A sus órdenes, don Carlos; sin novedad —dijo.

Una sonrisa fruitiva se dibujó en los labios del Delegado.

—¿Todo tranquilo?

—El pueblo duerme, don Carlos. De todos modos, por lo que pudiera tronar, arriba, en el barrio alto, hay estacionado un retén de la Guardia Civil. Treinta hombres.

—¿Están ustedes en contacto?

El hombre de la cazadora negra le mostró un pequeño emisor:

—Permanente, don Carlos. En el autocar tardarían menos de quince segundos en personarse aquí.

El Delegado recorrió con los ojos la plaza vacía:

—Está bien. Es suficiente —dijo complacido—. No pierdan contacto y vigilen el lugar de reunión.

El hombre de la cazadora negra dio un nuevo taconazo.

—Lo que usted mande, don Carlos.

De pronto, se abrió ruidosamente la puerta del bar y aparecieron cuatro hombres oscuros, cuatro sombras encogidas, las boinas encasquetadas, semiocultas las cabezas tras los cuellos de las pellizas. El primero, de baja estatura, caminaba hacia ellos con el busto inclinado hacia adelante, los hombros desnivelados, frotándose las manos. Jero musitó al oído del Delegado:

–El Alcalde.

–Ya sé, ya le conozco –dijo el Delegado bajando la voz y abriendo acogedoramente sus brazos al recién llegado–. ¿Qué dice don Escolástico? –le envolvió en sus largos brazos, hipócritamente efusivos, y le palmeó la espalda con vigor–. ¿Cómo le va? ¿Qué tal marchan esas colmenas?

El Alcalde asentía con gestos ambiguos, medio asfixiado contra el pecho del Delegado y, cuando consiguió zafarse de su abrazo, presentó al Secretario y a los dos concejales. El Delegado se mostraba cordial y bien dispuesto y cuando se volvió, para entrar en el Ayuntamiento, el Alcalde le disuadió con una sonrisa consternada:

–Ahí, no, don Carlos. Seguimos en obras. Y si ustedes no echan una mano, éste va a ser el cuento de nunca acabar. Lo siento. La reunión tendrá que celebrarse en las escuelas.

Se puso a la cabeza del grupo y avanzaron todos por la calleja del rincón, a su lado un concejal, con una linterna encendida. Tras ellos, a la distancia de respeto, caminaban los hombres de la social. Ya en la esquina, tomaron el callejón de la izquierda, a la abrigada, cuyo piso, reblandecido, exhalaba un acre olor a escíbalos y boñiga. A pesar de la oscuridad, al fondo, bajo el tibio resplandor de la bombilla más próxima, se distinguían las siluetas de dos hombres armados resguardados por un contrafuerte. El más alto, al divisar al grupo, arrojó al suelo la punta del cigarrillo que fumaba y salió a su encuentro. Ante el Delegado se cuadró y cruzó el brazo sobre el pecho.

—A sus órdenes —dijo.

El Delegado rió forzadamente, bajó la cabeza y le dijo al Alcalde en tono confidencial:

—Advertirá, don Escolástico, que el señor Gobernador vela por nosotros.

Frente a ellos se alzaban las escuelas, un edificio gris, de dos pisos, desconchado y húmedo, de alargados ventanales cerrados. El concejal de la linterna abrió la puerta a empellones y dio la luz. Una estufa de leña, al rojo vivo, crepitaba bajo el estrado, delante de los escañiles de los escolares. El Alcalde sonrió con una cómica mueca:

—Hemos puesto fuego, don Carlos —aclaró vanamente—. Ha vuelto el norte. Supongo que no le parecerá mal.

El Delegado se despojó del abrigo y se echó el aliento en las manos.

—Al contrario —dijo—. Se agradece.

El Secretario y los dos concejales se desembarazaron de sus pellizas y las depositaron sobre los pupitres de los párvulos. Luego, tímidamente, se fueron incorporando al grupo. El Secretario, de pelo fuerte y ensortijado, rosado de tez, en abierto contraste con las pieles curtidas de los otros tres, llevaba un portafolios bajo el brazo. A su lado, uno de los concejales, que atendía por Martiniano, sonreía bobamente a un lado y a otro. Su rostro parecía planchado y tan sólo cuando se ponía de perfil se advertían sus orejas, no pequeñas, pero adheridas al cráneo de tal manera que, visto de frente, se dirían seccionadas. El otro concejal, con un hueco grande, de al menos tres dientes, en el maxilar superior, bajaba la cabeza, acobardado, mirándose las puntas brillantes de sus prietos zapatos domingueros, como preguntándose qué pintaba él allí. El Delegado charlaba amistosamente con ellos, saltaba de un tema a otro y, únicamente, cuando Martiniano dejó de sonreír y el concejal desdentado se centró y levantó confiadamente los ojos hasta él, sugirió con una punta de voz:

—Qué, ¿empezamos?

El Alcalde tibubeó.

—Cuando guste. Pero el caso es que esto no reúne condiciones y...

—Es suficiente, don Escolástico, no se preocupe —dijo el Delegado subiendo al estrado de una zancada y sentándose a la cabecera de la mesa—. Vamos a ver —prosiguió, señalando, primero, la silla de la derecha y, luego, la de su izquierda—. Aquí, el señor Alcalde y, en esta otra, el Secretario. Los demás siéntense como puedan...

Jero, Martiniano y el concejal de la boca deshuesada se acomodaron en silencio. Diríase que la simple formalidad de constituir la mesa, había disipado el clima de confianza que momentos antes reinara en el grupo. Todos los ojos convergían ahora en el rostro del Delegado, quien, con los párpados bajos, inmóvil, cogitabundo, casó las yemas de los dedos de una mano con los de la otra, y dijo a media voz, con acento contrito:

—Bien, aunque mi cometido no sea grato, lo primero que debo decirles es que lo sucedido esta mañana aquí, en Gamones, en el castro de Aradas, no tiene nombre. Es un hecho incalificable, más propio de la edad de las cavernas que del siglo que vivimos...

Durante los segundos que duró la pausa, el silencio se hizo tan espeso que la leve crepitación de los brotes verdes en la estufa semejaban disparos. El Delegado entornó los ojos para aclarar:

—He dicho incalificable, cuando, en realidad, un hecho de esta naturaleza bien puede calificarse de ruin, cobarde y despreciable —tomó aliento, separó las manos e introdujo la cabeza entre ellas tapándose las orejas—. Lamento tener que pronunciarme tan crudamente, pero el pueblo de Gamones, de tan noble historial, no ha estado esta mañana a la altura de las circunstancias, puesto que si la violencia es siempre reprobable, lo es, con mayor motivo, cuando se ejercita gratuitamente contra unos hombres indefensos —miró largamente a Jero, en la otra cabecera de la mesa—. Unos hombres que, si han llegado hasta aquí, ha sido con la intención de ayudarnos, con el exclusivo objeto de esclarecer lo que el pueblo de Gamones ha aportado a la historia de la Humanidad.

El Delegado hizo otra pausa. El Alcalde, los antebrazos inmóviles sobre el tablero, le miraba evasivo, las pupilas en el borde de las pestañas, como resistiéndose a afrontar la prueba, en tanto los dos concejales, frente a frente, se habían quedado como petrificados desde el comienzo de la catilinaria, a la manera de esos perdigueros corretones súbitamente inmovilizados por el rastro de una pieza. El Delegado examinó los rostros, uno a uno, y continuó implacable:

—Un reducido grupo de arqueólogos, enviados por Madrid —miró a Jero con una punta de ironía— ha sido insultado, amenazado, escarnecido y, finalmente, expulsado de su lugar de trabajo, haciendo caso omiso de la autorización que portaban. Y esto, señores, dejémonos de circunloquios más o menos taimados y llamémoslo por su nombre, es sencillamente un motín o, por mejor decir, un delito de sedición, que el código penal especifica y castiga con penas de cárcel.

De nuevo entornó los párpados el Delegado e hizo un alto prolongado. Los leves estallidos de la estufa semejaban ahora cañonazos. Nadie osaba moverse. Pero, inesperadamente, cuando el Delegado reanudó su discurso, el ritmo y la entonación habían variado; sus palabras fluían ahora suaves, cálidas, fruitivas, decididamente gratulatorias y cordiales:

–Pero el señor Gobernador, señores, en un gesto magnánimo que le honra, y que nunca le agradeceremos bastante, en lugar de asediar al pueblo con tropas y tanquetas como hubiera sido lo procedente, ha preferido minimizar el hecho, restarle importancia, pensar que aquí se ha producido un malentendido y enviarme a mí con objeto de esclarecer el suceso. Y aquí me tienen, señores, con la mejor voluntad, no como juez, sino como amigo e intercesor.

El concejal de las orejas pegadas emitió un suspiro hondo, como si en todo el tiempo que duró la perorata no hubiera renovado el aire de sus pulmones. Por su parte, el Alcalde carraspeó, metió el dedo índice en el oído derecho y dio vueltas como si lo atornillara, luego ahuecó los agujeros de la nariz y dijo tenuemente:

–Sí señor, lleva usted razón, don Carlos, un malentendido, o sea, un equívoco. O sea, para que usted me entienda, el vecindario se pensó que estos señores –señaló a Jero con un borroso ademán– estaban de la parte de don Lino. ¿Usted me entiende? De ahí que pasara lo que pasó.

100

Ladeaba la cabeza y abría las palmas de las manos hasta casi ponerse en cruz. El Secretario, impávido, frente a él, abrió el portafolios, se ensalivó un dedo, pasó rápidamente varias hojas y, por último, extrajo una, sin sentirse coartado por la mirada fija, apremiante, del Delegado. Dijo, empleando una monótona, acartonada, terminología forense:

–Si me permiten, yo quisiera hacer hincapié en un punto que para mí, constituye el quid de la cuestión. Dicho punto radica en las declaraciones del descubridor –consultó sus papeles y refrendó–, don Lino Cuesta Baeza, en la vecina localidad de Covillas tres días después del hallazgo. El referido señor se expresó allí, según mis informes, en el sentido de que el tesoro había sido hallado no en el término de Gamones, como en realidad sucedió, sino en el de Pobladura de Anta, de donde el mentado don Lino es vecino y residente. De prevalecer esta declaración, señor Delegado, es obvio que el vecindario de Gamones, o, por mejor decir, su Ayuntamiento, puesto que se trata de bienes comunales, se vería privado de la indemnización que, según ley, le corresponde.

El concejal de las orejas pegadas, súbitamente envalentonado, dio un puñetazo en la mesa y dijo a trompicones:

–E... E... Eso es, sí señor. O sea, lo que... que... que pasa aquí, es que... que... que el don Lino ese, quería robar el pueblo, o... o... o sea, alzarse con el santo y la limosna. Eso es.

El concejal desdentado ratificó con apasionamiento la manifestación de su colega y ambos se enzarzaron en una conversación de mutuo apoyo. El Delegado les dejaba desfogarse. Escuchaba sus razonamientos con simulada atención, enviaba largas miradas cómplices a Jero, se recreaba viéndoles merodear en torno a la trampa cuidadosamente preparada, y, de pronto, cuando sus interlocutores, cansados de repetir una y otra vez los mismos argumentos, empezaban a considerarse vencedores, sonrió escépticamente y dijo con un tonillo despectivo:

–Señores, a estas alturas, los argumentos que ustedes esgrimen son sencillamente deleznables. Antes de la llegada de los arqueólogos –miró detenidamente a Jero– ya se conocía la localización del tesoro en Gamones. El mismo Subdirector General de Bellas Artes escuchó de labios de don Lino que el hallazgo se había efectuado en Gamones; en un cortafuegos próximo a Pobladura, pero en el término de Gamones. «Por menos de cien metros no ha caído el gordo en mi pueblo», fueron, si no me ha informado mal el propio Subdirector General, sus palabras textuales. De modo que tratar de justificar el amotinamiento del pueblo falseando los hechos, es mendaz por no decir malintencionado.

Al concejal de las encías deshuesadas, asfixiado por la palabrería del Delegado, parecieron incendiársele los ojos. Voceó fuera de sí:

–¿Me quiere decir, entonces, qué pintaba don Lino en unas tierras que no son suyas?

El Delegado replicó rápido, a bote pronto, buscando el desconcierto del adversario.

–Ése es otro problema. El comportamiento ético de don Lino es problema aparte. No mezclemos las cosas, se lo ruego.

Martiniano, el concejal de las orejas pegadas, salió en apoyo de su compañero:

–A... a... aparte, no, señor Delegado. Don Li... Li...

102

Lino se personó en el cerral con el aparato, pa... pa... para afanar una mina que no era suya.

El Secretario asistía al pulso de los concejales con el Delegado con manifiesta complacencia. Terció, pretendiendo lustrar con su terminología de rábula la tosca argumentación de sus convecinos.

–Un momento. La ley (al oír la palabra ley, el Alcalde y los concejales inclinaron reverentemente las cabezas) otorga al descubridor un cincuenta por ciento, o sea, la mitad, del valor del tesoro siempre que el descubrimiento se haya hecho en terreno ajeno o del Estado y por ca-sua-li-dad –silabeó esta última palabra, mirando altivamente al Delegado por encima de las gafas–. Pero si llegara a demostrarse que don... don... –bajó los ojos al papel que sujetaba entre los dedos– don Lino Cuesta Baeza, utilizó en su prospección un detector de metales, ¿puede usted decirme, señor Delegado, dónde está, en este caso, la ca-sua-li-dad? Jurídicamente, con la ley en la mano, parece evidente que el mentado don Lino no tiene derecho a indemnización alguna.

El concejal de las orejas pegadas aporreó nerviosamente la mesa con los puños crispados:

–Sí... sí... sí señor, de eso se trata. De que el don... don... don Lino ese de los co... co... cojones no saque de este a... a... asunto ni una peseta.

El Delegado levantó una mano pulcra y regordeta, como reclamando la palabra y, cuando el silencio se hizo, su voz matizada volvió a endurecerse para ironizar:

–Cuidado, señores. Es muy posible que podamos probar todo eso que ustedes dicen; es muy posible. Pero en el caso de que demostremos que el azar no intervino en el descubrimiento de don Lino, la obligación del Estado desaparece, para unos y para otros. Quiero decir, que ni don Lino, ni este Ayuntamiento de Gamones, por la misma regla de tres, tendrían derecho a indemnización de ninguna clase.

El concejal de las orejas pegadas quedó paralizado y mudo, los ojos torpes, codiciosos, pendientes de los labios del Delegado. El concejal de las encías deshuesadas, sacó del bolsillo de la americana un paquete de cigarrillos y encendió uno con dedos temblorosos, mientras el Alcalde, atraído por la llama del fósforo la miraba como hipnotizado, sin pestañear. Únicamente el Secretario se atrevió a decir en un gesto de desafío:

–En cualquier caso, señor Delegado, esta Corporación ha tenido a bien poner el asunto en manos de un abogado por si procediera alguna reclamación.

El Delegado se volvió a él, irritado:

–No me saque usted las cosas de quicio, señor Secretario; no se me trasconeje. La razón de que usted y yo estemos esta noche aquí reunidos no obedece a la manera de actuar, más o menos fraudulenta, de don Lino, que esto en su día se verá y los jueces dirán la última palabra, sino a la bárbara agresión de que ha sido objeto, por parte del vecindario, un grupo de arqueólogos enviado por Madrid –miró obsesivamente a Jero–. Ésta es la cuestión a resolver, es decir, el motivo por el que yo estoy aquí esta noche. Todo lo demás es, por el momento, secundario.

El Secretario se quitó las gafas y limpió un cristal con la punta del pañuelo. Era patente su esfuerzo por aparentar serenidad, pero su voz titubeó al agregar:

–De cualquier modo, señor Delegado, no parece justo

que el pueblo entero pague por los desmanes de un pequeño grupo de incontrolados.

El Delegado volvió a la táctica del bote pronto:

–Un grupo de cerca de cuarenta hombres, según tengo entendido.

–Es posible.

–¿Puede usted decirme cuántos vecinos tiene este pueblo?

–Exactamente cincuenta y dos –respondió el Secretario sin vacilar.

Los labios del Delegado se estiraron en una sonrisa irónica:

–¿Aún sigue pareciéndole pequeño el grupo de incontrolados? ¿Considera oportuno el señor Secretario que sigamos por este camino?

El Secretario, al fin, desvió la mirada y la clavó en el tablero de la mesa, como si contara las vetas de la madera. Sin darle tiempo a reponerse, el Delegado se encaró con don Escolástico:

–Olvidemos este aspecto, entonces, y vayamos al grano. Dígame, señor Alcalde –el rostro y el cuello del Alcalde se congestionaron hasta casi estallar–. ¿Tenía usted noticia de la agresión que se preparaba esta mañana en el castro de Aradas para el momento en que usted se ausentara del pueblo?

El Alcalde tragó saliva. Hizo el efecto de que iba a sonreír, pero el esbozo de sonrisa desapareció de sus labios y se convirtió en una mueca de impotencia. Cerró los ojos, carraspeó y dijo débilmente:

–A decir verdad, la tenía y no la tenía, señor Delegado, que éste es el chiste.

–Eso es una evasiva, señor Alcalde, no una respuesta.

—Entiéndame, señor Delegado, un servidor barruntaba la quemazón del vecindario, o sea su descontento; o sea, a mis oídos había llegado la hablilla de que el tal don Lino había bajado a Covillas jurando por sus muertos que la mina no pertenecía a Gamones sino a Pobladura y...

—Ta, ta, ta. No volvamos a las andadas, señor Alcalde, se lo ruego. Ése es un tema archivado, de momento olvídelo. Lo que interesa conocer ahora es la razón por la que usted, sabedor de la quemazón que reinaba en el pueblo, se ausentó tranquilamente esta mañana sin un motivo justificado.

Un silencio culpable se alzó sobre la mesa. La crepitación de la estufa semejaba ahora la guerra. El Alcalde sonreía remiso, apocado; volvía a mirar al Delegado desde el borde de las pestañas, sin acertar a responder. Todavía dejó transcurrir unos segundos el Delegado para imprimir mayor énfasis a sus palabras. Finalmente, en agresivo acento fiscal, izando el dedo del anillo por encima de su cabeza, reprochó la cobarde actitud de las Autoridades y lanzó una acusación genérica contra el pueblo que, luego, hábilmente, fue desglosando en inculpaciones concretas: la dejación de autoridad del señor Alcalde, la inhibición de los concejales, la violencia alevosa de la mayor parte del vecindario y la abierta complicidad del resto, para terminar en una advertencia estricta: «de persistir esta actitud de oposición sistemática al trabajo de los arqueólogos —miró gravemente a Jero— tenía en su mano no sólo la posibilidad de privar a Gamones de toda indemnización, sino de destituir a sus autoridades y encarcelar a los responsables más calificados».

El argumento fue definitivo, inapelable. El Alcalde se

pasó reiteradamente su inquieta mano por la boca y las mejillas como si acabaran de abofetearle, el Secretario volvió a quitarse las gafas y a simular que las limpiaba, a Martiniano le nacieron dos rosetones como de fiebre a ambos lados de la cara, en tanto el otro concejal, que acababa de alargar el brazo para aplastar el cigarrillo en un cenicero de barro, quedó inmóvil en aquella actitud, sin decidirse a recoger el brazo extendido sobre la mesa. Conmovido por la capitulación del adversario, el Delegado aflojó nuevamente la voz, asumió un acento, devoto, derretido, mórbido, paternal, al tiempo que imprimía un quiebro aveniente a su discurso:

–Pero ya os anuncié al principio –abría los brazos como queriendo acoger en ellos al Alcalde, al Secretario, al concejal de las orejas pegadas, al concejal de las encías deshuesadas y al pueblo entero– que yo no he venido hasta aquí como verdugo, con la intención de castigaros. Amo demasiado a Gamones como para aplicarle sin más la dura letra de la ley. Mi presencia entre vosotros obedece a otras razones, dos especialmente: una, ayudaros a salir de vuestro error y otra, demostrar a estos señores de Madrid –miró obstinadamente a Jero– que Gamones no es un pueblo incivil, sino acogedor y abierto para cuanto signifique cultura.

Hizo una pausa larga, estudiada, que tensó el ambiente. Luego, elevó repentinamente la voz, en una inflexión patética que recorrió la mesa como una descarga:

–Porque, vamos a ver –añadió–. ¿Sois los gamoneses gente culta y civilizada o peores y más zafios que los negros de Biafra?

El Alcalde y los concejales, desconcertados aún por la oratoria mudadiza, versátil, del Delegado, negaron rotundamente con la cabeza semejante posibilidad. Pero, antes de que salieran de su estupor, vibró de nuevo la voz del Delegado, más hueca, más campanuda, más retumbante, más perentoria, que en ningún otro momento de su discurso:

—¿Preferís que Gamones pase a la Historia como el pueblo donde apareció un tesoro prehistórico de incalculable valor para la civilización o como un pueblo de salvajes atropelladores de la cultura?

El Alcalde, vejado por semejante disyuntiva, gradualmente fanatizado por la pasión del Delegado, no se pudo reprimir, apartó la mano de la boca, se medio incorporó en su asiento, desorbitó los ojos y, espoleado por un súbito fervor patriótico, bramó con todas sus fuerzas:

—¡Estamos por la cultura, señor Delegado! ¡Viva Gamones!

Se desplomó sobre la silla temblando aún, dando boqueadas, como un pez fuera del agua, a causa de la emoción. Pero la unción de sus palabras tuvo la virtud de despejar los últimos vestigios de recelo y desconfianza. El Secretario asintió a su vítor, y asintió también, conmovido, hasta las lágrimas, Martiniano, en tanto el concejal desdentado aporreaba la mesa y refrendaba con un «¡Sí, señor!», rotundo, las palabras del Alcalde. Entonces el Delegado sonrió a éste y, uno a uno, dedicó el premio de su sonrisa a todos los asistentes, envolviéndoles en un fruitivo vaho de bienquerencia:

—Gracias —dijo con una punta de voz mientras se limpiaba una lágrima imaginaria—. Muchas gracias. No esperaba menos de vosotros. El limpio historial de este pueblo no podía ser mancillado por una acción aislada e irreflexiva. Viva Gamones, digo yo también desde el fondo de mi corazón. Y vivan los gamoneses. Que Dios conserve siempre vivo vuestro amor a la patria chica. Dicho esto, tan sólo me queda pediros, señor Alcalde, como refrendo de este acuerdo y para evitar nuevos equívocos en lo sucesivo, que convoquéis mañana a Concejo a primera hora de la mañana a fin de que el vecindario pueda solidarizarse con vuestra decisión y disculparse ante las víctimas –miró compasivamente a Jero– de modo que éstas puedan reanudar inmediatamente su tarea en el castro de Aradas sin que nadie les obstaculice.

Sonaron unos aplausos y todas las cabezas –a excepción de la de Jero, que observaba estupefacto el desenlace de la reunión– se movieron aprobando. Y como el Delegado fijara sus ojos insistentemente en el Alcalde, animándole a asumir un compromiso formal, éste sonrió, le propinó varios golpecitos amistosos en el hombro con su mano temblona como para aminorar distancias, y corroboró:

–Délo por hecho, don Carlos, délo por hecho. Eso está resuelto; ni se discute –de nuevo, en autoridad, se inclinó hacia el concejal de la boca desdentada, y añadió–: Anota, Albano, convocar Concejo Abierto para mañana a las 9 –vaciló y consultó a Jero con la mirada y, como Jero aceptase con un ademán, añadió–: Lo dicho, a las 9, no lo borres.

Jero se vio, de pronto, acuciado por todas las miradas. Se le consideraba el beneficiario del acuerdo y esperaban que el beneficiario manifestase su complacencia. También Jero se sintió en el deber de hablar, por lo que sacudió maquinalmente los hombros dos o tres veces y dijo con la voz ronca, oxidada, propia del que lleva varias horas en silencio:

–También yo quiero agradecerles este gesto de buena voluntad en nombre de la Dirección General de Bellas Artes. Y, al mismo tiempo, me permito anticiparles mi deseo de que un vecino del pueblo se incorpore al equipo de excavación, de manera que las dos partes interesadas, Gamones y Bellas Artes, colaboren en la empresa codo con codo. El vecino que ustedes designen, ganará un sueldo, y, por otra parte, como representante del Ayuntamiento, podrá mantenerles a ustedes informados sobre los pormenores de la excavación.

El vecino de las encías deshuesadas volvió a golpear la mesa y dijo «muy bien», en tanto el Alcalde, eufórico, señalaba burlonamente con el dedo al concejal de las orejas pegadas y decía riendo:

–Se lleven a esta buena pieza que está en el paro.

Jero le interrogó con la mirada:

–Mi... mi... mire, por mí –aceptó humillando los ojos Martiniano.

–Todo resuelto, entonces –dijo el Delegado, arrastrando ruidosamente su silla hacia atrás e incorporándose. Los demás le imitaron. Imperaba ahora en el grupo esa necesidad de comunicación bulliciosa y distendida que sigue a toda conciliación laboriosa. Al bajar del estrado, en un aparte, el Delegado le hizo un guiño malicioso a Jero y le dijo: «¿Eh, qué tal, majo?». Jero aprobó sin palabras, porque el concejal desdentado acababa de agarrarle por un brazo y le decía con sincero empeño: «¡Me cago en sos! Si esto se hubiera hecho a su tiempo, nos hubiéramos ahorrado el disgusto de esta mañana». A su lado, el Secretario ayudaba al Delegado a ponerse el abrigo al tiempo que le advertía: «No se fíen ustedes de don Lino. Le conozco de atrás. Es un tipo de cuidado».

El Alcalde sonreía tras él, encasquetándose la boina y alzándose el cuello de la pelliza. El concejal de las orejas pegadas, agachado, con el tabardo a medio poner, abrió de un tirón la puerta de la calle. Un viento frío, sutil y penetrante, batía la calleja a ras de tierra. Unos metros más allá, los hombres de escolta se agrupaban, fumando, al abrigo de un sotechado. Como obedeciendo a una voz de mando, todos arrojaron al suelo sus cigarrillos al verles aparecer. El Alcalde, sonriente, los hombros desnivelados, se adelantó hasta el grupo:

–Señor cabo –dijo de buen humor–. Llame usted al corneta y transmita esta orden: «¡Todo el mundo al bar!». Ha habido acuerdo y esto hay que celebrarlo. Invita el Ayuntamiento.

9

Cuando Jero detuvo el automóvil en la esquina de la iglesia, el primer sol de la mañana, un remiso sol primaveral, difuminado por un aura de calima, empezaba a dorar las crestas más altas de la cordillera. En contra de lo habitual a tales horas, algunos grupos de hombres se congregaban en la Plaza, convocados por el pregón del alguacil, cuya corneta aún se dejaba oír, en tonos apagados, desde algún barrio del interior. Cobijados en los soportales, media docena de viejos, sentados en los poyetes, las manos nudosas en las cayadas, platicaban adormilados. A la puerta del bar, el mozo del jersey amarillo y dos compañeros bromeaban con un grupo de muchachas endomingadas, bebiendo, por turno, de un porrón de vino tinto. Las chicas reían alborozadas y una de ellas, ataviada con una cazadora de cuero negro sintético por cuyo escote asomaban unos perifollos de puntillas transparentes, se resistía a beber del porrón y el mozo del jersey amarillo la sujetaba los brazos por detrás mientras otro la obligaba a abrir la boca y los demás reían.

En el centro de la Plaza, el remolque del tractor rojo, ceñido por una colgadura de los colores nacionales, varado y mudo, ofrecía una triste estampa de desamparo. Alrededor de él, varios niños de pocos años acosaban a un perro color canela que se escabullía, una y otra vez, bajo la cortina de la plataforma, para asomar la cabeza, ladrando, por los rincones más insospechados. En una de sus tentativas, el niño rubio del anorak azul logró atraparle y, al intentar cabalgar sobre él, el can volvió repentinamente la cabeza, rutando y mostrando los dientes y, entonces, el pequeño, atolondrado, le dio suelta emitiendo gritos de jubiloso terror. Unos metros más allá, el Papo, que charlaba, parsimoniosamente, con dos convecinos, amagó con la muleta, al paso de los chiquillos, y éstos, al verse secundados en sus juegos por un adulto, se desentendieron del perro canela y cercaron al Papo, gritándole a coro una frase ininteligible.

El Fíbula les observaba y, una vez más, unió las manos, como dispuesto a orar, y encareció a Jero:

—Sólo un corte de mangas, Jero, te lo pido por Dios. Te juro que no le diré una palabra.

Jero sacudió los hombros. Había en su rostro una madura gravedad esta mañana.

—Tengamos la fiesta en paz —dijo—. Después de la excavación lo que quieras. Ahora, no podemos echarlo todo a rodar por una pijada.

Un vecino solitario, que merodeaba distraídamente por las inmediaciones del coche, se detuvo ante el parabrisas y los miró largamente, con descaro. Cristino dobló la cabeza cuanto pudo.

—Tenemos a todo el pueblo pendiente de nosotros —dijo—. ¿No sería mejor bajar? —retumbó una estentórea carcajada del Papo y añadió—: No me gusta la actitud del cojo.

Jero asió la manija de la portezuela:

—¿Qué pasa con el cojo?

—Está como unas pascuas y nadie celebra una batalla perdida, creo yo. Y menos todavía un tipo tan finchado como él.

Cuando se apearon, se hizo el silencio en la Plaza. Jero

114

examinaba a los corrillos con recelo, reconocía en los ojos a los agresores de la víspera, aunque sus miradas no fuesen resabiadas ni amenazadoras como entonces, sino relajadas e indiferentes, casi de mofa. Diríase que aceptaban los hechos consumados o, al menos, que su agresividad se había aplacado tras el escarnio del castro. Miró hacia el remolque en dirección al Papo, y éste, al verle, levantó la muleta sonriendo y la agitó en el aire en ademán de saludo.

—Vamos al bar. Nos hemos citado allí –dijo, impaciente por escabullirse a las miradas insolentes del vecindario.

Las muchachas, al pasar a su lado, se miraron entre sí, lanzando risitas sin fundamento, se dieron de codo, pero al toparse con Cristino, la de los perifollos en el escote, exclamó: «¡Madre, qué cara!» e, inmediatamente, se llevó las manos a la boca como si no hubiera querido decir aquello, dando a entender que la lengua le había traicionado, lo que provocó la hilaridad de sus compañeras.

En el bar, el Alcalde y los concejales les acogieron con aparatosas muestras de efusión. Pese a la hora temprana, el local hedía a vino peleón y tabaco mal quemado. Tras las presentaciones, Jero sonrió abiertamente a don Escolástico:

—Cuando usted guste, señor Alcalde.

En la actitud de Jero se adivinaba el deseo de prolongar el ambiente fraternal, distendido de la noche anterior. Don Escolástico exultaba:

—Antes tomaremos un vasito, digo yo.

Se alinearon ante el mostrador. Martiniano, en traje de pana, liberado de la corbata, tenía un aire más juvenil y desenvuelto. Jero le guiñó un ojo:

–¿Qué, dispuesto?

–A... a... a ver. Por mí...

Bebieron. Jero pagó otra ronda. A la tercera empezaron a sonar en la Plaza palmas de tango. Estalló un cohete. Ahora, a las palmas, acompañaba un estribillo, coreado preferentemente por niños y mujeres:

–¡Qué son las cuatro, que se alce el trapo!

Don Escolástico sacó del bolsillo de la pelliza un pañuelo de hierbas y se lo pasó por los labios. Apremió a Jero:

–Cuando guste. Están impacientes, será mejor empezar –ladeó la cabeza como para hacer una confidencia–: Es más enredoso bregar con el personal esturado.

Los mozos abrieron calle. Las palmas y pitos habían cesado y en los ojos del vecindario se traslucía ahora una remota e infantil curiosidad. Ladró el perro canela bajo el remolque y una mujer vestida de negro tomó de la mano al niño del anorak azul, le propinó un sopapo y se refugió con él en los soportales. La muchacha de la cazadora negra sacudía su larga melena y mostraba sus blancos dientes, en una sonrisa forzada, al paso de los arqueólogos. Éstos se detuvieron en la esquina del bar, pero el Alcalde, al advertirlo, volvió sobre sus pasos, intentando convencer a Jero de que le acompañase pero, finalmente, se fue solo, flanqueado por los concejales, el Secretario velando la retaguardia, hasta el remolque. Al encaramarse a él, estalló otro cohete. Pese a la modesta demostración pirotécnica, en torno a la plataforma, no se advertía el menor interés. El desapego era tan manifiesto y general que hasta el Papo, el rostro carnoso iluminado por una sonrisa copetuda, volvió displicentemente la espalda a las autoridades y buscó un puntal en

116

los soportales donde apoyarse. Sobre el remolque enga-
lanado, la desmedrada figura de don Escolástico, el Secretario a la vera, los rígidos concejales detrás, resultaba
un tanto desairada. De pronto, al sonar el tercer cohete,
el Secretario declaró abierto el Concejo y el Alcalde se
adelantó ceremoniosamente hasta el rastel del remolque
y se encaró con el indiferente auditorio. En rigor, los ali-
cientes del Concejo, lo que pudiera llamarse el aspecto
festivo del acto (la presencia de forasteros, el Mercedes
en la Plaza, la reunión nocturna con el Delegado, la
irrupción de la fuerza pública en el pueblo, el pregonero
y los cohetes) se había agotado ya. Apenas quedaba el
acto en sí, la perorata del Alcalde, los latiguillos de exal-
tación de la patria chica, sus ademanes histriónicos, ma-
nifestaciones demasiado conocidas, repetidas inaltera-
blemente a lo largo de los años, como para despertar entusiasmo. Sin embargo, don Escolástico, sabedor de que
era escuchado por gente de fuste, envidó el resto y, al
iniciar su discurso y vocear «¡Gamoneses!» a grito heri-
do, estiró el cuello como un gallo de pelea, apretó los
párpados, atenoró la voz, abrió los brazos en actitud de
amorosa acogida, pero, pese a todo, no consiguió espo-
lear al pueblo. Los viejos, sentados en los poyos de los
soportales, seguían traspuestos, los niños enredando,
riendo las mozas, sin que ninguno de ellos, al parecer,
reparase en el verbo arrebatado, los desarticulados aspavientos, de la primera autoridad municipal. No obstante,
el Alcalde, enajenado, proseguía su vibrante soflama, aludía enfervorizado al carácter democrático de los Conce-
jos y a la pertinencia de convocarlos, «puesto que, a través de ellos, podía llegar a las alturas la voz del pueblo
soberano», pero, en torno suyo, acrecían el rumor de las

117

conversaciones, las carreras de los rapaces, los griti-
tos de las muchachas, y Jero, desde la esquina del bar,
revolvía los ojos, indeciso, sin atreverse a reclamar
silencio.

Empero, una vez que don Escolástico centró su apa-
sionada oración y se refirió a «la pila de millones que
caerían sobre el pueblo como un maná» y les permiti-
rían terminar las obras del Ayuntamiento, pavimentar la
Plaza, y hacer la traída de aguas, se produjo entre la con-
currencia un leve murmullo, unánime y codicioso, que
aprovechó un hombrecillo resguardado tras el murete
de la iglesia para gritar:

–¡Y para don Lino, qué!

Y, antes de que se extinguiera la voz, brotó, como un
eco, de uno de los arcos de los soportales, la réplica carrasposa, obsesiva, del cabrero:

–A ése le cuelgo yo mañana de la nogala, ¡me cago en
sos!

Don Escolástico, habituado a estas interrupciones, no
se inmutó. Continuó su alocución subrayando el compromiso del vecindario con los arqueólogos, «no sólo
respetando su trabajo –dijo– sino compartiéndolo, puesto que Martiniano, un hijo del pueblo, aquí orilla mía –se
volvió sonriente hacia el sofocado concejal de las orejas
pegadas– subirá con ellos al castro y les ayudará en sus
tareas». Seguidamente se perdió en disquisiciones sobre
otros posibles hallazgos, que «irían a enriquecer el Mu-
seo provincial y darían lustre a nuestro pueblo», pero, a
esas alturas, el deslumbramiento producido por la frase
«pila de millones», se había disipado y el vecindario re-
tornaba a su apatía y displicencia y hasta algunos, abu-
rridos, empezaron a encogerse de hombros y a bostezar

118

ostentosamente, de forma que cuanto mayor era el enardecimiento de don Escolástico por demostrar el amor a la cultura de Gamones, mayor era el desvío y desaprobación de sus habitantes que, descarada o subrepticiamente, iban abandonando la Plaza, perdiéndose en las callejuelas radiales, en busca de un rayo de sol, fumando y charlando perezosamente. De este modo, cuando, cinco minutos más tarde, el Alcalde, roto y ronco por el pechugón, se empinó sobre las puntas de los pies para solicitar la conformidad de sus convecinos, «con objeto de que los científicos de Madrid, nuestros ilustres huéspedes, puedan proseguir sus escarbaciones en Aradas», apenas dos docenas de personas, los arqueólogos y el Papo, permanecían en la Plaza. Y fue precisamente el Papo quien, izando al cielo la muleta, manifestó su aquiescencia en nombre del pueblo y gritó con voz grumosa como si aún siguiera comiendo peras:

—¡Por mí ya pueden empezar, señor Alcalde!

Todavía don Escolástico miró al frente y a los lados, buscando infructuosamente el beneplácito colectivo, pero al advertir la pasividad de los escasos espectadores, sus inconmovibles caras de palo, dio por concluido el acto con las palabras rituales:

—No habiendo oposición, el Concejo autoriza la escarbación en el castro de Aradas.

Cristino, los ojos amusgados, cabeceó junto a Jero:

—Cada vez me gusta menos esto.

Jero encogió los hombros, nervioso:

—¿Qué esperabas? ¿Que se arrodillaran y nos pidieran disculpas? Lo que hace falta es que no nos perturben, que nos dejen en paz, coño. Con eso, basta. Dentro de tres días estaremos a cien leguas de aquí y si te he visto no me acuerdo.

El Alcalde descendió dificultosamente del remolque y, una vez en tierra, se llevó los dos pulgares a las sienes y movió el resto de las manos cómicamente como si fuese a volar. Indagó satisfecho:

–Todo fue bien, ¿no?

Jero hizo una mueca ambigua.

–¿Es que no le ha gustado?

Jero sacudió los hombros:

–Bueno, digamos que no estuvo mal del todo.

–Tiene usted el campo libre; ¿qué más vamos a pedir?

–En efecto –Jero sonrió–. Lo que me llama la atención es observar que el pueblo renunciaría con gusto a la indemnización con tal de ver colgado a don Lino.

Don Escolástico parpadeó visiblemente sorprendido.

–Natural, ¿no? –dijo como si se tratase de una obviedad.

Para rehuir la discusión, Jero se dirigió a Martiniano:

–¿Qué, listo?

–Cu... cu... cuando usted mande.

Jero puso una mano sobre el hombro de Ángel:

–Ve de una carrera donde la señora Olimpia y dile que bajaremos a las dos a comer–. Y, según corría el muchacho hacia la rinconada de la iglesia, le gritó–: ¡Y que hoy seremos cinco!

Durante la espera, el Fíbula, sentado en el asiento posterior, junto a Martiniano, canturreó:

> –Por que tenía una mujer,
> ¡qué dolor, qué dolor!

Martiniano le escuchaba atentamente y, al ver que no proseguía, le preguntó:

120

–Y, ¿có... có... cómo sigue la copla?

–No sigue, señor Martiniano, es siempre así. Ése es el chiste.

Ángel, de regreso, atravesaba la Plaza a la carrera. Se sentó en el coche, al otro lado de Martiniano:

–Que de acuerdo –dijo sin resuello, cerrando la portezuela.

El coche arrancó suavemente y, una vez en la carretera, Jero se apoyó con ambas manos en el volante y presionó el asiento con la espalda, alzándose levemente. Dijo eufórico:

–Muchachos, la Providencia nos ha designado para datar la celtiberización del Alto y el Medio Duero. ¡Loada sea la Providencia! –tomó la revuelta del camino demasiado rápido y las ruedas traseras derraparon.

–¡O... o... ojo! –advirtió Martiniano.

Jero enderezó el coche, que brincaba en los relejes, y añadió:

–Y usted, señor Martiniano, va a ser partícipe de esa gloriosa efemérides.

El automóvil se ahogaba en la pendiente, se bamboleaba.

–Lleva demasiado peso. Deberíamos bajarnos –sugirió Cristino.

Finalmente el coche se rehízo y, aunque con apuros, dobló la curva de la nogala. Cristino, que desde que abandonaron la Plaza se esforzaba por hurtar la mancha de vitíligo a la mirada ubicua y perspicaz de Martiniano, señaló el árbol al pasar:

–Los espantajos siguen ahí.

El Fíbula miró con sorna al concejal:

–¿Se ha dado usted cuenta, señor Martiniano? Son

don Lino y la Pelaya. Los han colgado. Detrás teníamos que ir nosotros. ¿Qué le parece?

Martiniano cabeceó, acobardado:

—Co... co... cosas del cabrero —dijo.

Jero detuvo el automóvil junto al peñasco y, apenas puso pie en tierra, antes de abrir el maletero para sacar los trebejos, intuyó los primeros indicios del desastre: el olor a mantillo; la tierra removida, desbordada hasta la peña; las grandes rocas desmontadas; las anchas huellas del tractor en la rampa de acceso al tozal.

—¿Qué es esto? ¿Qué ha ocurrido aquí? —dijo alarmado, echando a correr.

Los tres muchachos y Martiniano le miraban perplejos. Le vieron coronar el castro y detenerse, de repente, al comienzo del cortafuegos, como si a sus pies se abriera una sima:

—¡Dios mío! —dijo llevándose las manos a la cabeza—. ¿Qué han hecho estos cabrones?

Los tres muchachos corrieron tras él y se detuvieron a su lado, los pies hundidos en el flojo montón de tierra. El cortafuegos había sido socavado de punta a punta. Una pala mecánica había pasado sobre él y abierto una trinchera de tres metros de anchura por dos de profundidad. La tierra extraída, mezclada con piedras, raíces y rocas voluminosas, cubría, hasta su mitad, los chaparros de la primera fila. Jero, como poseído por una repentina locura, se lanzó talud abajo, hasta el fondo de la zanja, manoteando, murmurando frases incoherentes. Detrás corrían sus alumnos, mientras Martiniano, inmóvil en lo alto del testigo, les veía desplazarse sin osar intervenir. De la vieja estructura de piedras descubierta la víspera, no quedaba ni rastro. Todo había sido removido, derri-

122

bado, destruido, arruinado. Los azules ojos de Jero, empañados en lágrimas, quedaron prendidos en aquella desolación. Era como si asistiera al entierro de un ser querido:

—¡Oh, Dios! —repitió—. ¿Cómo es posible semejante salvajada?

Los tres muchachos, a su lado, le miraban en silencio. Cristino se agachó y cogió un puñado de tierra negra. La examinó atentamente:

—La faena es de ayer —dijo con voz apenas audible.

Pero el Fíbula ya no escuchaba. Miraba coléricamente a Martiniano sobre su pedestal de tierra, en el extremo opuesto del cortafuegos, erguido, fumando, la boina capona cubriéndole la cabeza. Súbitamente, echó a correr, salvó la escarpa en dos trancos, agarró a Martiniano por las solapas y le zamarreó con violencia.

—¿Quién ha hecho esto, cacho maricón? ¿Es ésta vuestra ayuda? ¡Me cago hasta en la madre que os parió a todos!

Martiniano reculaba, arranado, descompuesto:

—Y, ¿qué... qué... qué me dice a mí?

Jero, que había seguido al Fíbula por el fondo de la trinchera, le sujetó por el brazo:

—¡Suelta! —dijo—. ¿Qué haces? Este pobre diablo no tiene culpa de nada.

Martiniano, al sentirse libre, se palmeó las rodilleras manchadas de tierra sin dejar de mirarles, suspicaz. Y, de pronto, inopinadamente, salió rompiendo cinchas hacia el arcabuco, como enloquecido, sin hacer caso de las llamadas insistentes de Jero, quien, al verle perderse en la sarda, se volvió hacia sus compañeros con una expresión de infinita tristeza:

123

—¡Que se vaya a paseo! —dijo, cansado de luchar—. Nosotros vamos abajo. Hay que hablar cuanto antes con el Alcalde. Esto no se ha terminado aún.

El automóvil, inducido por los nervios de Jero, botaba en las roderas y las piedras sin que nadie se lamentara. En el pueblo no se veía un alma. Los grupos, que apenas una hora antes transitaban por las calles, habían desaparecido. Jero enfiló el callejón de la esquina y se dirigió a las escuelas. Un turismo de la Guardia Civil, del que se apeaba en aquel momento un sargento, acababa de detenerse a la puerta. Desde algún lugar remoto se oía deletrear a los párvulos. En el pequeño despacho del fondo, húmedo y desconchado, tras una mesa de oficina llena de papeles, bajo una fotografía del Rey, se encontraba el Alcalde con dos hombres. Saltó como un muelle al verlos entrar y se fue hacia Jero, las manos en la cabeza:

—No me venga usted también con el cuento del tractor de don Lino. Si se lo han quemado, ¿qué quiere que le haga yo?

Jero le observaba desdeñosamente, con la remota curiosidad que podría despertar en él la presencia de un insecto raro. Sus fibrosos hombros subían y bajaban con leves intervalos, en un tic irreprimible:

—¡A mí no me importa nada don Lino! —estalló de pronto—: ¡Me importan un carajo don Lino y su tractor!

Don Escolástico manoteaba nervioso. Ablandó la voz:

—¿Qué pasa, entonces?

—Que usted nos ha engañado, nada más. Que ha montado usted una comedia que puede costarle cara...

—¿Una comedia? —su rostro curtido resplandecía de inocencia.

—No se haga de nuevas. El pueblo ha removido el cortafuegos con una pala y no ha dejado piedra sobre piedra. ¿Era ésta la colaboración prometida? ¿Qué puede decirle usted ahora al señor Delegado?

–Una pala... el cortafuegos... Les juro a ustedes por Dios que yo no sé una palabra de todo esto.

Jero proseguía como si no lo oyese:

–Lo siento, señor Alcalde. Mis hombres y yo nos largamos a Madrid. Esta misma tarde el señor Ministro tendrá conocimiento de lo ocurrido.

Don Escolástico había empalidecido y, al poner su mano floja, implorante, sobre el antebrazo de Jero, éste advirtió que temblaba. El escoramiento de sus hombros era más pronunciado que dos horas antes, en el Concejo. Los tres muchachos se mantenían junto a Jero, graves, indecisos y, tras ellos, los cuatro guardias que habían entrado en silencio y bloqueaban ahora la puerta de acceso. Don Escolástico, al comprobar que Jero estaba dispuesto a marcharse, se agarró a las solapas de su cazadora, en un gesto histriónico, desesperado:

–Pero... pero usted no puede hacerme esto ahora. No puede dejarme así. Primero le pegan fuego al tractor de don Lino y ahora esto. Yo no puedo luchar contra todos. Tiene que hacerse cargo.

–Lo siento, señor Alcalde. Lo sucedido no tiene remedio.

Seguía agarrado a la cazadora de Jero con los dedos crispados y su cabeza se movía enérgicamente, contrastando con su exigua voz plañidera:

–Yo no puedo controlarlo todo, señor Jero, hágase cargo, pero exigiré responsabilidades. Le juro a usted que exigiré responsabilidades. Pero, por favor, déme tiempo. No se marche así. Si es preciso, el pueblo entero subirá con ustedes y volverá a poner las cosas en su sitio.

Jero sonrió sarcástico. La actitud suplicante del Alcalde le resarcía en cierto modo de las vejaciones soportadas:

—Las cosas en su sitio —repitió—. ¿Cree usted de veras que el Papo y sus amigos son capaces de reconstruir un habitáculo de hace veinte siglos? —se desasió de un tirón violento—: ¡Menos bromas, señor Alcalde! Ignoro si usted estará o no complicado en este asunto, pero pronto lo sabremos. De momento, mi deber es denunciarlo y esta misma tarde voy a hacerlo.

Dio media vuelta, pero el Alcalde le perseguía, le acosaba y, finalmente, se interpuso entre él y los guardias:

—¿Denunciarlo? —inquirió estremecido—. ¿Sabe usted lo que eso significa? ¿Qué será de nosotros? ¿Qué será de la indemnización?

Fue ahora Jero quien le asió de las solapas:

—¿La indemnización? ¿Cree usted en serio que este pueblo merece una indemnización?

—¡Por Dios Padre se lo pido!

Jero, sin soltarle, agachó la cabeza hasta poner la boca a la altura de su peluda oreja y gritó como si fuese sordo:

—¡Óigame! Este asunto irá a los tribunales y ellos decidirán. Entre tanto, vaya comunicando al Papo y sus secuaces que por menos de esto hay mucha gente en la cárcel...

Don Escolástico se había quedado tieso, mudo, plantado. Jero le soltó y se volvió a sus ayudantes:

—¡Vámonos!

Los cuatro guardias les abrieron paso y el último de

126

ellos, el más maduro, se aproximó respetuoso a Jero y le dijo en tono conciliador:

—Hágase cargo, señor. Es la fiebre del oro.

Jero sacudió los hombros y no respondió. Hasta alcanzar la puerta frunció los hombros maquinalmente dos o tres veces. Estaba fuera de sí. Una vez dentro del coche, Cristino, tímidamente, trató de aliviar la tensión:

—Esto, como todo, es un problema de escuelas —dijo sin fe, vanamente.

Nadie le contestó. El automóvil se bamboleaba por la calleja y, al acceder a la carretera, Jero metió la tercera velocidad. Clavaba los ojos en el parabrisas, pero se diría que no veía donde miraba. Chupeteó un caramelo que instintivamente había sacado del bolsillo. Al abocar al estrechamiento del puentecillo no advirtió el coche negro que venía de frente hasta que le tuvo encima:

—¡Cuidado, tú, tiene preferencia! —chilló Ángel dando un salto en el asiento trasero.

Jero frenó bruscamente. El coche negro pasó lamiéndoles la aleta y el Fíbula, que le seguía con los ojos, exclamó:

—¡Pero si es el Subdirector General!

Jero miró por el espejo retrovisor:

—¿Paco? ¡No jodas!

Doscientos metros más allá, el coche negro se detuvo. Jero abrió la portezuela, se apeó del suyo de un brinco y corrió hacia él. El Subdirector General, embutido en su gabán, avanzaba, a su vez, pesadamente, sonriendo, por el centro de la carretera hasta que ambos se encontraron a la mitad del camino. Antes de llegar a él, Jero ya iba dando rienda suelta, a voces, a los motivos de su pesadumbre:

—¡Nos han jodido, Paco! Esos hijos de perra han destrozado el yacimiento, lo han arrasado. Nunca en la vida vi una cabronada semejante. Metieron una pala en el cortafuegos y no han dejado piedra sobre piedra. Y teníamos la estructura en la mano, Paco. ¡Una vivienda con cerámicas celtibéricas! Pero había que confirmarlo, coño... Unas horas, Paco; sólo un par de horas y hubiéramos concluido... Pero los cabrones lo arrasaron... Metieron una pala, date cuenta... Todo se fue a la mierda... A freír puñetas, Paco, imagínate...

Los pequeños ojos del Subdirector General sonreían beatíficamente a pesar de todo, al fondo de los gruesos cristales de sus gafas, y su rolliza mano descansaba paternalmente sobre el hombro de Jero:

—Calma, oye, tampoco te lo tomes así. Todo se arreglará. En nuestra profesión, hay que saber perder. Además lo que te quitan de un lado te lo dan por otro, oye. Las joyas, por ejemplo, han dicho más de lo que esperábamos. Ya hablaremos despacio. De momento, cambia de coche porque te traigo una sorpresa. ¡Mira!

Levantó el brazo, volvió la cabeza hacia el coche negro y, en ese instante, se abrió la puerta trasera y apareció una muchacha muy joven, alta, morena, extremadamente delgada, las largas piernas enfundadas en unos leotardos amarillos, que corrió hacia él agitando alegremente una mano. Dijo Jero, estupefacto:

—Pero, ¿qué haces tú aquí?

La muchacha, sofocada, no respondió. Se echó en sus brazos y Jero notó el grato cosquilleo de sus cabellos en la mejilla. La estrechó dulcemente, mientras sus ojos azules brillaban de nuevo como si fuese a llorar:

—Gaga, Gaguita —murmuró tiernamente a su oído—: ¿Eres tú? ¡Oh, cuánto te necesito!